U0127117

清·馮煦修 魏家驊等纂 張德霈續纂

鳳陽府志

十九册

黄山書社

光緒鳳陽府志卷十八之中

人物傳 武功

淮南古來爲四戰之地民風剛勁尚材武自孫伯符據有江東蔣欽周泰等爲之爪牙洎東晉則桓家兄弟再破符堅應石打碎之童謠勝國之初常遇春沐英功冠英傑輩出其末年戚繼光破倭事蹟皆彰彰在人耳目間至 國朝咸同以來淮軍將士勳名亦盛爲述武功

吳蔣欽字公奕九江壽春人從孫策東渡拜別部司馬平定三郡又從定豫章遷西部都尉擊擒賊呂合秦狼徙討越中郎將從征合肥魏將張遼襲權於津北力戰有功歷津右護軍典領

辭訟權嘗入其堂內母疏帳縹被妻妾布裙權歎其在貴守約即勑御府爲母作錦被改易帷帳初欽屯宣城蕪湖令徐盛收欽屯吏表斬之權不許由是自嫌恐欽害己而欽每稱其善盛既服德論者美焉卒子壹封宣城侯領兵拒蜀有功還赴南部與魏戰臨陣卒 三國志本傳

周泰字幼平九江下蔡人孫策入會稽署別部司馬策討六縣山賊弟權住宣城山賊數千卒至權始上馬而鋒刃已交斫中馬鞍衆莫能自定惟泰奮激投身衛權賊既解散身被十二創良久乃蘇是日無泰權幾危策深德之補春穀長從討黃祖有功荊州平定將兵屯岑曹操出濡須泰復赴擊退留督之拜平

虜將軍後權欲圖蜀拜泰漢中太守奮威將軍封陵陽侯黄武中卒子卲以騎都尉領兵曹仁出濡須戰有功又從攻破曹休進位裨將軍黄龍二年卒弟承領兵襲侯三國志本傳

丁奉字承淵廬江安豐人少驍勇從甘甯陸遜等征伐戰鬬常冠軍稍遷偏將軍孫亮卽位爲冠軍將軍封都亭侯魏遣諸葛誕胡遵攻東興諸葛恪拒之奉曰今行遲若敵據便地難與爭鋒乃帥麾下三千人揚帆徑進遂據徐塘天寒雪敵不爲備奉使兵解鎧著胄持短兵斫之大破敵前屯會諸軍俱至魏軍遂潰遷滅寇將軍文欽來降以奉爲虎威將軍至壽春迎之敗魏軍於高亭進封安豐侯孫休卽位與張布誅孫綝遷大將軍加左右都護領徐州牧建衡三年卒三國志本傳

晉桓豁字朗子譙國龍亢人簡公彝之第三子温之弟也謝萬敗於梁濮以豁督沔中七郡軍事擊慕容屈塵破之進號右將軍温旣内鎭豁監荆揚雍三州軍事領護南蠻校尉荆州刺史與竟陵太守羅崇討賊趙宏趙憶於宛城又攻僞中郎將趙盤於宛追至魯陽獲之還戍而旋桓温死遷征西將軍進督交廣太元初進大將軍上疏固讓卒贈司空謚曰敬初豁聞苻堅國中有謠云誰謂爾堅石打碎故有子二十人皆以石爲石晉書桓彝傳

桓祕字穆子彝第四子少有才器兄温抑而不用久之爲宣城

內史時梁州刺史司馬勳叛入蜀祕以本官監梁益二州軍事勳平還郡後爲散騎常侍從中領軍孝武帝初卽位妖賊盧竦入宮祕與殷康入擊之溫入朝窮治竦事祕反免官居於宛陵每憤憤有不平之色溫死起爲散騎常侍而弟沖位在其上祕恥位卑遂表讓不應朝命先沖卒（晉書桓彝傳）

桓石虔小字鎭惡豁之子也有才幹趫捷絕倫從父在荆州於獵圍中見猛獸被數箭而伏諸將戲令拔之石虔因急往拔得一箭猛獸跳石虔亦跳高於獸身復拔一箭以歸從溫入關沖爲苻健所圍垂没石虔躍馬赴之拔沖於數萬衆中而還威震敵人時有患瘧疾者必曰桓石虔來以怖之病者每愈後討袁

眞走王鑒擒閻震遂張崇功皆冣沖卒石虔以冠軍將軍監豫州揚州五郡軍事豫州刺史卒贈右將軍進爵作塘侯（晉書桓彝傳）

桓石民石虔弟也弱冠知名謝安引爲參軍叔父沖表授振武將軍領襄城大守戍夏口與石虔攻苻堅荆州刺史梁成於竟陵又與隨郡太守夏侯澄之破慕容垂姜成於漳口復領譙國內史梁郡太守沖卒詔以石民監荆州軍事苻堅子丕僭號於河北謀襲洛陽石民遣將軍馮該討之臨陣斬丕傳首京都進左將軍卒（晉書桓彝傳）

齊王廣之字士林沛國相人初隨劉勔征伐合肥戍阻兵爲寇勔宣令求征合肥者賞以大郡廣之曰若得將軍所乘馬判能

制之皇甫肅謂勔曰廣之敢奪節下馬可斬勔曰觀其意必能立功即推鞍下馬與之及行合肥果拔勔大賞之即擢爲軍主廣之於勔前謂肅曰節下若從卿言非惟斬壯士亦自無以平賊肅有學術廣之亦雅相推慕勔亡後肅更依廣之廣之啟武帝以爲東海太守其不念舊惡如此廣之初封蒲圻子後以功位給事中冠軍將軍改封甯都縣子齊高帝廢蒼梧出廣之爲徐州刺史建元元年進爵爲侯武帝即位累遷右衛將軍散騎常侍前軍將軍延興元年爲豫州刺史後封應城縣公卒贈車騎將軍謚曰壯南史本傳

梁裴之高字如山壽陽人裴邃兄中散大夫髦之子少隨邃征討所在有功壽陽之役邃卒於軍之高隸夏侯夔平壽陽除梁郡太守封都城縣男侯景之亂之高入援及城陷退還合肥元帝召之到江陵以爲侍中護軍將軍時之高弟之悌在侯景軍中或傳之悌斬侯景元帝使黃羅漢報之高之高無言直云賊自殺賊非我所聞帝深嗟其切直卒謚曰恭南史裴邃傳

裴之平字如原之高第五弟少亦隨邃征討以功封都亭侯歷譙州長史陽平太守遷散騎常侍右衛將軍太子詹事梁書裴邃傳

陳裴忌字無畏之高弟之平之子忌聰敏有識量侯景之亂招集勇力隨陳武帝征討及武帝殺王僧辯其弟僧智據吳郡黃他攻之不能克忌勒部下自錢塘直趨吳郡夜至城下鼓譟薄

之僭智驚輕舟奔杜龕忌入據城武帝嘉之授吳郡太守天嘉元年封東興縣侯後與吳明徹北伐軍敗見囚於周至隋卒南史裴邃傳

五代梁馬嗣勳濠州鍾離人朱溫攻濠州刺史張遂遣嗣勳持州印籍戶口降楊行密來攻遂又使嗣勳求救於溫未至而濠已沒嗣勳無所歸乃留事溫為宣武軍元從押衙光州刺史劉存來歸復使嗣勳持幣馬賜存會淮兵急攻光州嗣勳與存督軍大戰敗走之溫攻鳳翔至華州又使嗣勳入說韓建建降羅紹威欲自誅其牙軍乞助於溫溫女嫁魏適死乃遣嗣勳以千人為綵輿入魏致兵器於輿中聲言助葬乃夜攻牙軍牙軍不

知兵所從來莫能為備殺之皆盡嗣勳亦中重創卒溫即梁位贈太保五代史本傳

唐丁會字道隱壽春人與朱溫從黃巢為盜溫鎮宣武以為都押衙李罕之以晉兵圍河陽張全義告急於梁乃遣會及葛從周救之大敗罕之於流水又從攻魏破黎陽敗魏將羅宏信於內黃梁攻徐州別遣會攻宿堰汴水浸東城降其刺史張筠梁州刺史朱瑾攻單父會又敗之於金鄉然會與溫之雄猜常佯疾天復元年溫起會為昭義節度使昭宗遇殺會率三軍縞素發喪遂降於晉晉王賜之甲第位諸將上天祐七年以疾卒莊宗即位贈太師五代史本傳

宋王惟忠鍾離人高宗初淮南盜賊蜂起惟忠據韭山壘石爲城民依之者九萬餘金人以孫興知濠州惟忠不從率衆歸節制劉位爲佐軍統領（江南通志 繫年錄）

按鳳陽縣志劉位以高宗建炎四年爲滁濠鎮撫使時淮南盜賊鋒起惟忠蓋據韭山以保鄉里者卒崇祀鄉賢

周虎字叔子臨淮人開禧二年知和州十一月戊戌金兵圍城急虎部分將士乘城拒守母何氏年九十期與虎偕亡虎益奮勵屢戰斬其驍將十二月癸丑金人引去虎推功歸母封永國太夫人虎轉和州防禦使卒追謚忠惠（宋史寗宗紀 江南通志）

元杜昌濠人至正間以義兵應募有功擢汝州同知安豐等處

萬戶弟亨亦以功授泗濠義軍萬戶沒於所事（江南通志 鳳陽縣志）

院（懷遠縣志作院）者都萬戶扎古歹子也世居荊山襲父爵守禦浙東時盜起海上都奮力禽捕悉平之以功擢浙東道都元帥卒於官子輩哥兒襲勇邁英銳有父風（江南通志 懷遠縣志）

沈仁定遠人元末舉義兵於本縣豁鼻山歸明太祖授領軍百戶從戰屢有功爲宜興守禦應援常州兼守長興護斥堠嚴約束僞漢不得行其計積功進福建行都司都指揮使以都督僉事致仕仁前後從軍三十餘年大小數百戰矢石創不知其幾嘗謙抑不自以爲功世以是重之（定遠縣志）

明常遇春字伯仁一字燕衡懷遠人驍猛絕世狀類獼猴指臂

多修豪所過之地縱士卒剽掠故其兵特銳有戰輒舉初從劉聚爲盜察聚終無成歸太祖於和陽請爲前鋒未許及兵薄牛渚磯距磯三丈莫能登遇春飛舸至麾之前應聲直進敵接其戈乘勢躍上大呼跳盪元軍披靡諸將乘之遂拔采石取太平破蠻子海牙下池州歷遷行省都督馬步水軍大元帥陳友諒薄龍灣以五翼軍設伏大破之先是太祖所任將帥平章邵榮右丞徐達與遇春而三榮尤善戰忽萌異志太祖欲宥其死遇春進曰人臣以反爲名臣義不與共生乃斬榮而愈愛重遇春從伐陳友諒大戰於康郎山太祖舟膠於淺友諒驍將張定邊直犯太祖舟遇春射中定邊乃得脫轉戰三日友諒死師還第

功取明年吳國建進平章政事復攻武昌降陳理拜副將軍伐吳破閶門以入吳平進中書平章軍國政事封鄂國公復拜副將軍與大將軍徐達北征入元都攻太原走擴廓帖木兒追拔開平元帝北走追奔數百里獲其宗王慶生及平章鼎住等師還次柳河川暴疾卒年僅四十太祖聞之大震悼喪至親奠贈太保中書右丞相追封開平王謚忠武配享太廟肖像功臣廟位皆第二子茂封鄭國公馮勝壻也洪武二十年從勝征納哈出以不遵約束爲勝所怨增飾其罪安置龍州死弟昇改封開國公實錄不詳其事或謂從輝祖征燕戰死於浦子口 明徐禎卿翦勝野聞 明史本傳 常氏譜

湯和字鼎臣濠人與太祖同里閈郭子興初起和來歸從太祖克滁州授管軍總管時諸將多太祖等夷莫肯爲下和獨奉約束甚謹太祖悅之從擊陳埜先降陳保二取金壇常州以和守之太破吳軍於錫山吳平拜征南將軍與吳禎討方國珍降之遂與廖永忠伐陳友定執友定送京師時洪武元年正月也明年從大將軍西征斬張良臣又明年以右副將軍攻擴廓於定西封中山侯四年拜征西將軍與廖永忠伐夏十一年進封信國公於時帝春秋高天下無事不欲諸將典兵和從容請願得乞骸歸故鄉帝大悅立賜鈔治第中都卒年七十追封東甌王謚襄武和晚年益恭慎入聞國論一語不敢外泄所得賞賜多

分遺鄉曲見布衣時故交遺老歡如也故當時公侯宿將多坐胡藍黨死而和獨享壽考以功名終明史本傳

沐英定遠人父母俱故太祖與孝慈皇后憐之撫爲子名曰朱文英後復姓以文英爲字年十八授帳前都尉從大軍征福建破分水關別破閔溪十八寨縛馮谷保英年少明敏后數偁其才帝亦器重之充征西副將軍從鄧愈討土番多功封西平侯又充征西將軍討西番拓地數千里尋拜征南右副將軍同藍玉從傅友德征雲南生禽元平章達里麻降右丞觀音保詔玉及友德班師而留英守滇中入朝遣還帝親拊之曰使我高枕無南顧憂者汝英也還鎮再敗百夷降思倫發南中悉定聞皇

太子薨哭極哀初高皇后崩哭至嘔血至是感疾卒於鎮年四十八軍民巷哭遠夷皆爲流涕追封黔甯王謚昭靖侑享太廟子春晟昂皆鎮雲南春字景春材武有父風英卒命嗣爵鎮雲南維摩十一砦亂遣瞿能討平之又與何福討平阿資越州遂平初思倫發降以爲麓川宣慰使洪武三十年爲其屬刀幹孟所逐來奔春受上方略以兵送思倫發命別將直擣南甸大破之幹孟乞降帝不許命春總滇黔蜀兵攻之未發而春卒以其弟晟嗣侯建文元年比就鎮而何福已破禽刀幹孟歸思倫發亡何思倫發死諸蠻分據其地晟討平之永樂四年大發兵討交阯拜晟征夷左副將軍與張輔異道自雲南入共破多邦城禽僞王黎季犛論功封黔國公卒贈定遠王謚忠敬子斌幼嗣公爵居京師而以晟弟昂代鎮昂字景高思任發入寇擊卻之又捕斬師宗反者卒贈定遠伯謚武襄明史本傳沐氏譜

馮國用定遠人與弟勝俱喜讀書通兵法太祖略地至妙山國用偕勝來歸甚見親信嘗從容詢天下大計國用對曰金陵帝王之都先拔之以爲根本倡仁義收人心勿貪子女玉帛天下不足定也太祖大悅俾居幕府典親兵委以心腹破蠻子海牙禽陳兆先下鎮江諸郡累擢親軍都指揮使嘗以一身宿衛帳下令降將四繞安反側卒年三十六車駕臨哭追封郢國公肖像功臣廟位第八子誠積戰功雲南累官至右軍左都督明王禕誥

邦賢勳錄

明史馮勝傳

馮勝初名國勝國用弟也國用卒時勝已積功爲元帥遂命襲兄職典親軍陳友諒逼龍灣戰石灰山勝攻其中堅大敗之從戰鄱陽下武昌克平江從大將軍北征下山東諸州偕湯武元年又從征山西禽元右丞賈成左丞田保保等帝悅詔勝居常遇春下湯和居勝下二年渡河趨陝西降李思齊執張良臣陝西平明年復同大將軍出西安破擴廓凱還論功封宋國公賜誥有云居京師則除肘腋之患誅張祀歷征伐則建爪牙之功五年擴廓在和林數擾邊乃發兵三道出塞命勝爲征西將軍是役也大將軍軍不利李文忠殺傷相當獨勝斬獲甚衆全師而還久之徐達李文忠皆卒而元太尉納哈出屯金山數爲遼東邊害二十年命勝爲大將軍征之降其所部二十餘萬衆帝大悅二十五年皇太孫立加太子太師練軍山西時詔列勳臣望重者八人勝居第三帝春秋高勝數以細故失帝意藍玉死詔還京踰二年賜死諸子皆不得嗣明王禕造邦賢勳錄明史本傳

傅友德宿州人初從明玉珍又從陳友諒皆不能用太祖攻江州至小孤山友德來歸帝與語奇之用爲將戰鄱陽被數創戰益力友諒死從征武昌城東南高冠山下瞰城中漢兵據之諸將莫敢前友德一鼓奪之武昌平授雄武衛指揮使從北征敗元丞相也速復從攻陝西以五十騎擊郤擴廓萬衆洪武三年

從大將軍大敗擴廓移兵伐蜀克漢中論功封潁川侯明年統前將軍與湯和分道伐蜀明昇降帝自製平西蜀文盛稱友德功第一又征沙漠從出塞進封潁國公討平雲南叛蠻加太子太師二十五年出練軍山西明年詔還又明年賜死嘉靖元年雲南巡撫何孟春請立祠祀名曰報功明史本傳

吳良定遠人初名國興賜名良與弟禎從太祖起濠梁並爲帳前先鋒良能沒水偵探禎每易服爲間諜從克江陰以良爲指揮使守之張士誠據全吳江陰當其要衝士誠來寇艨艟蔽江良遣弟禎出北門與戰而潛遣元帥王子明馳出南門合擊大敗之時太祖數自將爭楚江上流與友諒角金陵空虛士誠不

敢北出爭尺寸地以良在江陰爲屏蔽也良訓將練兵常如寇至暇則延儒講論新學宮開屯田在境十年封疆晏如吳平仍鎭蘇州洪武三年進都督同知封江陰侯五年副鄧愈平廣西叛蠻十二年齊王封青州妃良女也命良往建王府遂卒於青贈江國公謚襄烈子高嗣禎初名國寶賜名禎積功爲天興翼副元帥助良守江陰從圍平江破葑胥二門尋副湯和討方國珍追及盤嶼降之洪武元年進兵破延平禽陳友定三年命爲靖海將軍練軍海上封靖海侯七年充總兵官捕倭至琉球大洋海上數年無寇十一年奉詔出定遼得疾輿還京師卒追封海國公謚襄毅與良俱肖像功臣廟子忠嗣明史本傳

康茂才字壽卿蘄人事母孝元末冦亂結義兵保鄉里太祖渡江家屬留和州時茂才移戍采石扼江渡爲常遇春所破久之始降太祖釋之命爲將以功歷帳前總制親兵左副指揮使陳友諒陷太平謀約張士誠合攻應天太祖知茂才與之有舊命遣使持書給爲內應友諒問康公安在答曰守江東木橋使還太祖易之以鐵石友諒至見橋愕然連呼老康不應退至龍灣伏兵四起大破之降其將校士卒二萬餘人從征友諒援南昌戰彭蠡征武昌下平江皆有功歷遷同知大都督府事洪武元年從大將軍經略中原留守陝州善於撫綏民立石頌德復從大將軍征定西軍還道卒追封蘄國公謚武康子鐸以父功封

蘄春侯督民墾田鳳陽帥兵平辰州蠻從北征又從征雲南卒於軍追封蘄國公謚忠愍明夏原吉一統肇基錄 明史本傳

丁德興定遠人太祖偉其狀貌呼爲黑丁從取洪山寨以百騎破賊數千自是累戰有功授鳳翔衛指揮使從平江卒於軍洪武元年追封濟國公祀功臣廟子忠龍江衛指揮使予世襲明史本傳

郭興一名子興濠人滁陽王郭子興據濠興隸麾下太祖在甥館興歸心焉從圍常州晝夜不解甲者七月城下受上賞戰鄱陽建策火攻陳友諒發銅將軍擊太祖以爲必死敵艘艤之興射一矢貫其頭顱而斃遂滅友諒圍平江破張士誠功多擢鎮

國將軍大都督府僉事洪武元年從取中原守潼關敗元王左丞移鎮鞏昌封鞏昌侯十六年巡北邊召還踰年卒贈陝國公謚武宣明夏原吉一統肇基錄　明史本傳

郭英興之弟也太祖親信之令值宿帳中呼爲郭四從征武昌陳氏驍將陳同僉持槊突入英持鎗躍馬奮劍大喝賊應手而隕上解所御赤戰袍衣之曰唐之尉遲敬德不過是也從定中原又從攻太原歷河南都指揮使僉事洪武十四年從征雲南十六年復征雲南論功封武定侯二十年遣還鄉明年召還典禁兵永樂元年卒贈營國公謚威襄元孫勛桀黠有智數大禮議起勛知上意首右張璁世宗大愛幸之請以英侑享太廟廷

臣持不可帝不聽英竟得侑享明王禕造邦賢勳錄　明史本傳

耿炳文濠人父君用從渡江爲管軍總管援宜興與張士誠兵爭柵力戰死炳文襲職領其軍取廣德進攻長興克之長興據太湖口陸通廣德與宣歙接壤爲江浙門戶太祖大喜改爲長安州立永興翼元帥府以炳文爲總兵都元帥守之又改爲永興衛親軍指揮使司長興爲士誠必爭地炳文拒守凡十年以寡禦衆大小數十戰戰無不勝士誠迄不得逞吳平進大都督府僉事洪武三年封長興侯至末年公侯日盡而炳文以元功宿將朝廷倚重建文元年燕兵起爲燕所敗沒於陳子濬永樂初杜門稱疾坐罪死明史本傳　明史紀事本末　劉三吾所撰墓碑

華雲龍定遠人聚衆居韭山太祖起兵來歸與諸將同功歷豹韜衛指揮使從克淮安使守之改淮安衛指揮使從北征克元都擢大都督府僉事總六衛兵留守兼北平行省參知政事洪武三年論功封淮安侯上言北平邊塞東自永平薊州西至灰嶺下隘口一百二十一相去二千二百里其王平口至官坐嶺隘口九相去五百餘里俱衝要宜設兵紫荊關及蘆花山嶺尤要害宜設千戶守禦所從之建燕邸增築北平城皆其經畫召還道卒子中襲明史本傳

張龍濠人從太祖渡江以功擢威武衛指揮僉事從平山東河南克潼關爲副留守洪武三年調守鳳翔改鳳翔衛指揮大敗

賀宗哲進克鳳州封鳳翔侯子麟尚福清公主授駙馬都尉明史本傳

胡海字海洋定遠人來歸從征敗元帥賈魯海驍勇屢戰屢傷手足胸腹間金痍皆徧而戰益力太祖壯之從沐英征雲南海以夜四鼓渡河繞點蒼山後攀大樹緣崖而上立旗幟英士卒望見皆踴躍大呼遂斬關入論功封東川侯明史本傳

張赫臨淮人以義兵來歸屢戰有功洪武元年歷遷福州都指揮使倭寇出沒海島沿海居民苦其剽掠赫所捕獲不可勝計最後追至琉球大洋禽其魁十八人獲倭船十艘會遼東漕運艱軍食失期命督海運封航海侯病卒追封恩國公謚莊簡子

榮從征雲南有功爲水軍右衛指揮使明史本傳
張銓定遠人以功爲指揮僉事從周德興征五溪蠻平之從征雲南功最多封永定侯世襲指揮使明史本傳
顧時字時舉濠人從渡江功多歷大都督府副使從大將軍定河南北浚閘以通舟師自臨淸至通州下元都徐達還京命時將騎兵下靜甯州走賀宗哲西邊悉平封濟甯侯卒葬鍾山追封滕國公謚襄靖祔祭功臣廟子敬嗣侯以左副將軍平龍泉山寇有功明史本傳
陳德字至善濠人戰鄱陽太祖舟膠於淺德身被九矢力戰不退北征克汴梁立河南行都督府以德署府事征山西至秦州

追禽元守將呂國公又破擴廓於古城降其卒八萬封臨江侯卒追封杞國公謚定襄子鏞襲明史本傳
王志臨淮人以功歷親軍衛指揮使改六安衛守六安封六安侯用兵西南皆以偏將軍從雖無首功然持重未嘗敗衂卒追封許國公謚襄簡子威嗣明史本傳
唐勝宗濠人太祖起兵勝宗年十八來歸從渡江戰功同諸將洪武三年封延安侯十四年浙東山寇葉丁香作亂命總兵討之禽其首並其黨三千餘人分兵平安福賊至臨安降元右丞兀卜台等十五年巡視陝西督屯田簡軍士明年鎮遼東在鎮七年威信大著後坐胡惟庸黨死明史本傳

陸仲亨濠人從太祖渡江功同諸將封吉安侯後坐胡惟庸黨死仲亨年十七從征至封侯帝嘗曰此我初起時腹心股肱也竟坐誅明史本傳

鄭遇春濠人遇霖之弟也遇霖戰死遇春領其衆從平陳友諒身先士卒未嘗自言功太祖異之取六安爲六安衛指揮僉事從定山東河南克朔州改朔州衛指揮副使洪武三年封滎陽侯明年駐臨濠開行大都督府坐累奪爵尋復之二十三年坐胡黨死明史本傳

周德興濠人與太祖同里少相得從渡江歷位至湖廣行省左丞同楊璟討廣西攻永州敗元平章阿思蘭及周文貴斬朱院判追奔至全州遂克之廣西平功多洪武三年封江夏侯以平蠻將軍討平慈利土酋覃垕長沙洞蠻等明年伐蜀副湯和爲征西左將軍克保寧蜀平論功帝以和功由德興且追敍宣寧之役無與德興比者復副鄧愈爲征南左將軍出南衛平蛟峒癸田諸蠻功復出諸將上命署中立府行大都督府事五溪蠻亂德興已老力請行帝壯而遣之至則蠻悉散走德興在楚久威震諸蠻決荊山獄山壩以溉田歲增官租四千三百石楚人德之還鄉居無何帝謂德興福建功未竟卿雖老尚勉爲朕行德興至閩相視要害築城三十六巡司四十五防海之策始備後坐其子驥有罪死明史本傳

王弼定遠人從居臨淮初居三臺山樹柵保鄉里帥所部來歸戰比有功從圍平江士誠親率銳士出西門搏戰奔常遇春軍遇春拊弼背曰爾倚健將能為我取此乎卽馳騎揮雙刀出遇春乘之吳兵大敗士誠墮水幾不救自是不敢復出吳平賞賚甚厚洪武三年授大都督府僉事十一年副沐英征西番功多封定遠侯十四年從傅友德征雲南禽土酋段世又從馮勝降納哈出從藍玉走元嗣主脫古思帖木兒後坐藍黨死明史本傳

藍玉定遠人初隸常遇春帳下遇春素倚之由管軍鎮撫積功至大都督府僉事洪武四年從伐蜀五年從北征十一年討西番並有功師還封永昌侯十四年以征南右副將軍從傅友德

征雲南禽元平章達里麻梁王走死滇地悉平玉功為多二十年以左副將軍從馮勝征納哈出乘大雪率輕騎襲慶州殺平章果來禽其子不蘭溪役納哈出之降馮勝有罪代為大將軍移屯薊州二十一年出大甯至慶州諜知元主在捕魚兒海兼程進去海四十里不見敵欲引還王弼不可遂乘夜至海南猟敵營尚在海東北八十里夜馳薄其營會大風揚沙敵無所覺猝至前大驚迎戰敗之殺太尉蠻子等元主與太子天保奴遁去獲其次子地保奴妃公主以下百餘人奏捷京師帝大喜賜敕褒勞比之衛青李靖師還進涼國公二十六年指揮蔣瓛告玉謀反族誅公侯以下坐夷滅者至萬五千人於是元功宿將

相繼盡矣（明史本傳）

曹震濠人以征西番功封景川侯永甯宣慰司言所轄地有百九十灘其八十灘道梗不通詔震疏治之震鑿石削崖令深廣以通漕運在蜀久規畫周詳蜀人德之藍玉敗論其黨以震爲首並其子炳誅之又張翼臨淮人父聚從平江南淮東以功爲大同衛指揮同知致仕翼嗣父職以功封鶴慶侯又陳桓濠人以功封普定侯皆坐藍黨死（明史藍玉傳）

謝成濠人以功封永平侯坐事死（明史本傳）

李新濠人從太祖渡江數有功累遷至中軍都督僉事洪武十五年以營孝陵功封崇山侯二十二年命改建帝王廟於雞鳴山新有心計將作官吏視成畫而已二十六年督有司開臙脂河於溧水西達大江東通兩浙以濟漕運河成民並便之二十年坐事死（明史本傳）

吳幹臣定遠人太祖伐張士誠以指揮使從大將軍徐達率馬步舟師由港口取湖州幹臣勒奇兵出舊館扼之戰大捷事平遂留戍焉時方國珍據明州未下以爲征南副將軍從御史大夫湯和往平之洪武元年海寇葉陳二姓聚劫蘭秀山幹臣調兵立勳之三年封靖海侯（浙江通志）

繆大亨定遠人初糾義兵爲元攻濠元兵潰大亨與張知院屯橫澗山固守太祖夜襲其營破之比明復陳以待太祖遣其叔

貞諭降之從征有功擢元帥總兵取揚州克之降青軍元帥張明鑑初明鑑聚衆淮西以青布爲號俑青軍據揚州大亨言明鑑飢困驍鷙可用太祖命大亨亟攻之降得衆數萬改淮海翼元帥府爲江南分樞密院以大亨同僉樞密院事總制揚州鎮江大亨有治略寬厚不擾民甚悅之未幾年太祖過鎮江歎曰繆將軍生平端直未嘗有過今不見矣遣使祭其墓明史本傳

武德安豐人元末爲義兵千戶知元將亡來歸隸李文忠從戰池州矢中右股戰自若又敗苗帥楊完者每陷陣受傷不顧文忠歎曰將士人人如此何戰不捷進驍騎千戶世襲後從靖海侯吳禎巡海上禎以德可任令守平陽在任八年致仕明史繆大亨傳

孫恪濠人燕山侯興祖之子也從藍玉北征以功封金陵侯洽謹敏有儒將風亦以藍黨死明史孫興祖傳

甯正字正卿壽州人幼爲韋德成養子隨德成來歸德成戰沒於宣州以正領其衆積功授鳳翔衛指揮副使從定中原入元都招降元將士八千餘人洪武三年授河州衛指揮使正初至衛城邑空虛勤於勞來不數年遂爲樂土璽書嘉勞始復甯姓兼領甯夏衛事修築漢唐舊渠引河溉田開屯數萬頃兵食饒足十三年從沐英北征取全甯四部雲南思倫發亂正破之於摩沙勒寨已復從沐英分兵三隊正將左大敗之英卒詔爲左都督代鎮已復命總川陝兵討平階文叛寇張者二十九年卒

明史本傳

謝彥鳳陽人數從征討有功累官前軍都督僉事子達尙太祖女汝陽公主明史公主傳

潘毅臨淮人洪武初以戰功授虎賁衛指揮使再從西征道卒江南通志

孫岳鳳陽人洪武初以勳舊任雷州衛鎮撫從學趙考古機謀智勇而廉靜有守始終如一疆宇初闢豐著先登功遠近懾其威名廣東通志

何福鳳陽人洪武初累功爲金吾後衛指揮同知二十二年討平都勻蠻二十四年破降越州叛蠻遂平九名九姓畢節諸蠻

三十年從沐春討麓川刀幹孟春卒福破禽之麓川悉定建文元年還京師論功進都督同知與平安盛庸會兵伐燕不利成祖即位推誠用之充總兵官鎮甯夏節制山陝河南諸軍四年移鎮甘肅七年降迤北王子國公司徒以下十餘人福親至亦集乃撫之送其酋長於京師封甯遠侯後陳瑛劾其罪自縊死明史本傳

尤亮定遠人洪武中征勦有功累進至中軍都督僉事定遠縣志

朱能字士宏懷遠人父亮從渡江以功至燕山護衛副千戸能嗣職事燕邸嘗從北征降元太尉朶兒不花燕師起有大功封成國公永樂二年兼太子太傅四年以征夷將軍討安南卒於

軍追封東平王諡武烈洪熙時配享成祖廟庭子勇嗣 明史本傳

張恕鳳陽人洪武初由父勳任山西護衛揮僉升同知調海南衛敦篤謙和涉獵子史永樂五年征瀘川等處十六年督染南山新城皆有功時有定遠楊義亦以父勳襲河南衛指揮同知升揮使亦調海南衛多才有守軍民畏愛 廣東通志 安徽通志

趙彝虹縣人爲燕山右衛百戶從北征擢永平衛指揮僉事降燕歷戰皆有功成祖稱帝封忻城伯宣德初卒子榮嗣 明史郭亮傳

韓觀字彥賓虹縣人高陽忠壯侯成子也以舍人宿衛忠謹爲太祖所知授桂林右衛指揮洪武十九年討平柳州融縣諸苗遷廣西都指揮使嗣是屢平諸蠻前後斬獲萬餘級性鷙悍誅罰無所假成祖即位委政如初佩征南將軍印鎮廣西知其嗜殺璽書戒之九年移鎮交阯十二年卒 明史本傳

楊盛虹縣人成化間任福建北路烽火寨把總部伍整肅士卒用命累禽劇賊有功 福建通志

宋晟定遠人朝用次子國興之弟國興戰沒朝用請老晟襲父官累進都指揮同知歷鎮江西大同陝西洪武十七年討西番叛酋俘獲萬八千八二十四年討哈梅里收其部落輜重以歸番戎慴服建文改元鎮甘肅永樂初入朝封西甯侯凡四鎮涼州前後二十餘年威信著於絕域 明史本傳

陳懋壽州人父亨建文時爲都督僉事燕師起與劉眞下萬守

大甯以計囚萬因襲眞而降燕旋爲燕與平安戰鏵山受重創興還而死燕王自爲文祭之即位後追封涇國公諡襄敏長子恭嗣都督同知懋其少子也永樂元年封甯陽伯六年鎭甯夏明年降故元丞相咎卜及平章司徒國公知院十餘人已而平章都連等叛去懋追禽之黑山八年十一年二十年皆從北征明年從征阿魯台爲前鋒又明年復領前鋒從北征上崩於榆川仁宗召懋與薛祿帥精騎三千馳歸衞京師命掌前府加太保與世侯天順七年卒贈濬國公諡武靖明史陳亨傳

孫巖鳳陽人官燕山中護衞千戶永樂初以功封應城伯卒贈侯諡威武又陳賢壽州人歷燕山右護衞指揮僉事燕事起從

諸將轉戰常突陳陷堅軍中稱其驍勇論功封永昌伯張興壽州人爲燕山左護衞指揮僉事從起兵功多累遷都指揮同知封安鄉伯明史本傳

李彬字質文鳳陽人父信從太祖渡江積功爲濟川衞指揮僉事彬嗣職從傅友德出塞築諸邊城燕師起彬迎降永樂元年封豐城侯四年充總兵官備倭海上移師禽長沙賊李法良十年命往甘肅與宋琥經略降酋明年代琥鎭甘肅討涼州叛酋老的罕以獻賜賚甚厚十五年鎭交阯時交阯八反者四起彬遣諸將分道往討而尤劇者輒自將往擊諸賊略平惟黎利數出沒磊江將發兵入老撾索之會疾作罷明年卒贈茂國公諡

剛毅子賢嗣宣德三年從出塞正統初鎮大同尋守備南京卒贈豐國公謚忠憲明史本傳

石堅懷遠人父杜見忠節傳堅補父職進征有功陞興武衛總旗洪武二十年授藩衛世襲百戶永樂十年從三寶太監下西洋中途病故上軫卹勤勞授世襲本衛指揮僉事懷遠縣志

費瓛定遠人祖愚爲燕山中衛指揮使傳子肅至瓛從燕起兵累進後軍都督僉事永樂八年擊涼州衛叛人虎保永昌衛叛人亦令真巴等追奔至北魚海斬獲無算十二年充總兵官鎮甘肅宣宗嗣位封崇信伯征高煦有功復鎮甘肅卒於鎮子釗嗣明史本傳

李達定遠人以功官都督僉事鎮洮州四十餘年番漢畏服正統中致仕明史史昭傳

郭登字元登濠人武定侯英孫也正統中從王驥征麓川有功又從沐斌征騰衛歷署都指揮僉事十四年扈從北征至大同拜都督僉事佐劉安鎮守朱勇等軍覆登告曹鼐張益因車馬宜入紫荆關王振不從遂及於敗是時人心洶洶登慷慨登陴哲與城共存亡景帝監國代安爲總兵官景泰元年偵知寇自順聖川入以八百人躡之大破其衆軍氣一振封定襄伯初也先欲取大同爲巢穴故數來攻及每至輒敗始有還上皇意二年以疾召還成化八年卒贈侯謚忠武登事母孝居喪秉禮能

詩明世武臣無及者明史本傳

范瑾字廷璽定遠人以祖父燧功襲大同衛指揮使正統天順成化間屢能敵愾累官至左都督定遠縣志

鄧安定遠人官福州都指揮僉事鄧茂七攻劫郡邑民多避地入城羣不逞者乘機爲姦安捕殺首惡嚴守禦以備之一方遂安福建通志

顧斌懷遠人世襲漳州衛指揮僉事鄧茂七黨楊福率衆闖漳以雲梯攻城勢危甚斌時督兵備倭海上夜率五百人航海來援突闌入城募死士迎戰斌躍馬大呼以百騎直壓賊壘麾死士爲兩翼以巨斧砍之賊大敗去明日復益兵來攻又破之賊遂遯擢都指揮僉事福建通志

宮顯壽州人任福建建甯衛指揮僉事正統十四年沙尤寇攻將樂城顯設備俟賊少懈襲破之升指揮同知子鎧嗣任歷遷邵武衛同知福建通志 安徽通志

按通志作官顯今據壽州志改

李春鳳陽人正統間爲邵武巡檢沙寇突至城南親冒矢石爲士卒先連射皆中賊驚遯後累有提兵討賊功福建通志

趙輔字良佐鳳陽人襲職爲濟甯衛指揮使成化元年以征夷將軍與韓雍討兩廣克大籐峽還封武靖伯三年總兵征遼東從撫順深入有功進侯卒贈容國公謚恭肅子承慶嗣伯明史本傳

戚繼光字元敬定遠人世襲登州衛指揮僉事父景通官都指揮入爲神機坐營繼光襲職用薦署都指揮僉事以參將備倭浙東練金華義烏兵因地形製陳法大破倭於台州以副總兵鎮福建大破倭於平海衛復興化壘同安殲餘賊於漳浦閩寇悉平召爲神機營副將以都督同知總理薊州昌平保定三鎮升總兵築牆堡立車營東西邊二寇上邊長昂不敢入犯進左都督加秩少保移鎮南粵踰二年得請還登州卒諡武毅繼光少折節爲儒通曉經術軍中籌證讀書每至夜分戎事少閒登山臨水緩帶賦詩罷政歸過吳門角巾布袍偕二三文士攜手徒步人莫知爲故將軍也結髮從戎間關百戰綏靖閩浙功在

東南生平方略欲自見於西北者十未展其一二詩文有止止堂集其在浙則有紀效新書在薊則有練兵實紀兵家咸奉爲金科玉律云 明史本傳 定遠縣志

神英字景賢壽州人天順初爲延安衛指揮使從都督張欽征討有功成化間以征滿四功遷都指揮使進參將屢敗亂加思蘭兵進都督僉事充總兵官鎮守甯夏後封涇陽伯 明史本傳

趙榮定遠人成化間任福建北路烽火寨欽依把總會平倭寇有渠魁口銜刀左右手各執一刀飛侵榮舟榮迎砍之遂入賊舟禽斬殆盡自是海寇膽落 福建通志 安徽通志

戚紹印鳳陽人自萬戶侯擢三江總戎致仕萬歷丁酉日本門

白犯朝鮮命兵部尚書邢玠總督征之紹印杖策從畫平倭十策卒覆倭以過勞驟卒巡撫褚鐵檄郡建祠江南通志

沈思學字希聖宿州人嘉靖甲寅流寇師向詔闔城思學單騎突入賊營潰圍而出賊驚遯以勇薦舉備倭通泰之戰賊乘風進巡撫李燧明史作遂擐甲誓死思學揮戈直前遂平倭升狼山鎮總兵都督僉事宿州志

孫元謨懷遠人天啟三年以參將從貴州巡撫王三善救貴陽分兵三路元謨從三善由中路當賊鋒遂奪龍里又奪七里沖進兵畢節鋪賊騎如雲元謨以所製木發貢七門齊發擊死無算直追至老鴉關賊渠安邦俊中礮死獲安邦彥弟阿倫遂解貴陽城圍積功至薊鎮總兵明史王三善傳　孫氏家譜

國朝崔思忠懷遠人以勇力聞康熙初吳三桂反逆黨白京[illegible]大憲募大力者捕之思忠應募戰於河南道中逆黨就禽擢江南山清外河營守備調福建漳州右營年七十餘猶能舉千斤石懷遠縣志

宋元俊字甸芳懷遠人以武進士歷四川阜和營游擊乾隆三十六年金川酋索諾木襲殺革布十司其黨小金川酋亦發兵侵明正土司據班爛山總督阿爾泰命元俊責賊問故索諾木詭以革酋內變為辭元俊知其詐歸告曰兩酋犄角為姦非大創不可即獻進兵之策奏聞　上命副將軍溫福提督董天

弼分路進兵總督阿爾泰居中控制密令參將薛琮挾巴西擊上梁而元俊從甲楚渡河攻之賊腹背受敵大驚奔潰遂破甲金達收復班爛山擢松潘總兵進討金川率遊擊吳錦江等由節木郭渡河據勺藏橋而密使革布番民約結內應舉礮爲號同時夾攻擊斬千餘人進圍丹東角洛收復革境三百餘里以兵少持重不肯輕進爲制府劾革職卒於軍籍其家二子戍邊有張芝者爲麾下參將四十一年大將軍阿桂平定金川芝之書元俊戰狀哭軍門將軍奏聞蒙 恩赦其子歸袁枚小倉山房集懷遠縣志

華成名宿州人康熙間以勦寇功授徐州河營守備三十五年隨明威將軍西征陞湖廣洞庭水營都司子文振別有傳宿州志

任維宿州人有勇力能舉千斤石開兩石弓爲武生時學使孫嘉淦見而奇之會 憲皇帝募天下英雄征西番維應募試技藝無不超羣以武生引見 帝嘉其材附勇健營隨大元帥兵鍾琪西征多戰功凱旋授松江右營守備因事去官時論惜之宿州志

王大壯字烈文懷遠人以武進士發浙江候補守備捕獲瀆海盜賊無算以薦遷嘉順營都司乾隆三十六年征兩金川松潘鎮總兵宋元俊薦其材可用題署建昌中營遊擊權總兵事建昌東接涼山諸蠻時出剽掠竊漢民童稺爲奴婢漢民犯罪者

逃入則匿之酋長安士依陸世釆尤凶狡不法以縣役奪蠻物擁衆屯東城大壯自往撫諭挺刃偪至大壯叱之皆避易不敢動遂縛兩酋以歸將斬之其頭人十四酋捧香爲乞命大壯設軍容召之跪階下數其罪與之約曰能遵貰罪皆感泣聽命乃杖二酋而遣之立反童稺逋逃數百人一境歡呼金川凱旋授貴州撫標右營遊擊四十六年四川嘓嚕嘯聚侵軼及滇境巡撫檄大壯以兵二百往援之疾馳至遵義門大呼馳之賊披靡得入城見官兵少明日復合圍大壯誘之前發所自製滾地神雷火器擊之大破之賊夜遁窮追至蜀之合江縣復殺數百人遷朗洞營參將丁母憂歸哀毀成疾未畢喪而卒光緒鼎脩州志嘉懷遠縣志

徐大鵬靈璧人乾隆庚寅武解元戊戌進士授廣東羅定協右營守備從征臺灣禽賊匪莊大田旋以從征安南功補督標中營都司嘉慶元年進剿湖南苗匪升廣西右江遊擊以疾歸七年病痊領鄉勇堵勦宿州逆匪王朝名復起用蒙 恩賞戴花翎補易州營游擊署河間協副將安徽通志

賈魴字雲淵壽州人自行伍擢鳳臺縣把總禽制盜遊無爲州千總又以獲潁州姦民程八等十三人功升陝西興安營守備時白蓮逆匪倡亂逆楚蜀秦豫之境魴隨提督帶兵敗賊於四川麻柳壩刺朋溝西安距興安七有餘里賊首張漢潮擁數萬

人出没鎮安山陽間飭轉餉十餘萬漸近賊砦夜聞角聲如潮火光迸起衆恐懼欲逃飭拔劍呼曰死耳曾得騾遞人於草間知有僻徑遂遣興安以勤攝白土關都司奉檄守五塊石江口江淺可涉賊每夜至飭以巨礮擊之賊不敢渡沿漢屯兵數萬餉不時至卒有饑色日夜撫循衆感而不怨竟以勞染疫卒於軍安徽通志

秦攀蕚字棣堂宿州人嘉慶七年由武生從征教匪王朝名拔補把總隸兩江督標疊次緝獲盜鹽梟及勦賊滅刁李二圍賊穴歷升河標副將以總兵用署狼山鎮捐修掘港一帶海口礮臺調徐州鎮獲糧船巨匪正法積勞病卒安徽通志

康錦文懷遠人歷從袁甲三僧格林沁轉戰皖豫東楚屢著勞績官至總兵加提督銜同治五年帶兵防潁州沙河北岸舟覆而死奉旨優卹祀昭忠祠安徽通志

駱國忠字艮卿鳳陽人咸豐初全家陷賊被脅至江蘇同治元年國忠在常熟昭文縣計殺賊首僞大安錢仁等舉城反正乘勢攻克福山將積年出没四刼之廣賊誅戮殆盡僞忠王李秀成糾聚悍賊六七萬陷福山攻常昭國忠激厲軍民登陴固守殲斃悍賊無數及官軍再克福山國忠派隊援應攻毁附城賊壘二十餘座生禽逆首孝天義朱依典等城圍立解後從江蘇巡撫李鴻章攻克常州及浙江嘉興等城積功至提督

賞勁勇巴圖魯穿黃馬褂又隨劉盛藻赴陝積勞成疾卒奉
旨照提督立功後在營病故例議卹並加　恩予謚
勇肅　御賜祭葬碑文吳中平冠記鳳陽縣志

張佩芝壽州人歷勦髮捻有功又帶勇攻克湖北黄陂縣轉戰山東安邱濰縣等處累保總兵勇號同治十二年在營傷發病故奏請　旌卹　予騎都尉兼一雲騎尉世職子錦雲襲安徽通志

馮景尼宿州人道光間以宿州營把總奉檄赴上海防英夷回署城守千總疊獲撚匪盜犯升都司游擊咸豐三年募勇助勦粤匪有功升副將子清標武進士宿州志

王樹枏宿州人咸豐元年隨副都統伊興額破撚匪於河南商水給翎管帶馬隊後赴山東助勦白蓮池教匪有功擢游擊同治初東撚大股竄宿遷桃源督隊由山東馳回禦於劉老澗河禽撚首賴汶洸擢副將旋赴直東會勦張總愚全股蕩平擢總兵　賞給斐凌阿巴圖魯名號又以提督簡放十一年借補淮揚鎮標左營參將光緒八年兩江總督左宗棠奏薦曉暢軍務堪勝海防任使未幾卒以兄王樹標攝其任宿州志

田勤生字幹臣鳳陽人父端書附生大臣袁甲三統師臨淮檄端書督淮南民團七十六寨遏撚賊勤生年十五從入營咸豐十年八月賊糾粤匪十餘萬衆攻鳳陽勤生督軍鈔其後前後

十三戰皆捷賊曰此汝孝討其黨曰鳳台小將城未可圖乃西去明年張落刑以其黨攻淮岸南北勤生帥千人守南岸夜襲賊營禽斬無算燔其糧亮甲圍殆盡及苗沛霖反勒生將兵四千屯劉府令不得竄撚首張總愚受沛霖指自南岸帥衆十二萬餘人出不意夜半至劉府勤生度不可制挺身說總愚沛霖夷若墳墓戮若父母尸今與合何面目見先人地下鄒兆光徐立壯苗腹心也卒被戮辱李世忠若帳下卒耳比反正受國恩寵語未畢總愚泣曰微子言我不可爲人子於是苗張遂離會沛霖圍蒙城急將軍富明阿請檄李世忠擣下蔡老巢緩賊勢大帥猶豫勤生奮曰苗李不兩立某父子以百口保世忠無

忠遂道臨淮鼓行而西勤生帥練勇數千自懷遠塗山至鳳臺石頭阜連營相望爲策應壽州賴上懷遠正陽以次復沛霖窮蹙以亡後從官軍轉戰數省有功累保道員補用知府賞戴花翎以曉暢邊事調辦海防綜理銘武等軍營務同治中征臺灣番社時盛暑進兵炎瘴交侵至刺桐腳枋寮病歿事聞

恩卹銀五十兩　贈太僕寺卿銜廕子入監讀書

六月期滿以知縣選用　賜謚勤敏頒　御製碑文

功績宣付史館　曹允源淮南雜著　安徽通志　鳳陽縣志

歐玉標宿州人咸豐三年隨父武生歐大鵬辦團練攻于家圩大鵬陳歿練營歸玉標管帶屢助勦粵匪有功擢千總歸大臣

袁甲三統轄攻破牛家圩大戰李興集苗溝升守備戴花翎又隨提督傅振邦攻破畢家集界溝板橋賊寨調往河南歸德府勦大股撚匪擢游擊參將同治元年解宿州圍克高皇山賊寨以副將補用旋因營勇滋事褫職八月克復湖溝要隘開復原官加總兵銜進勦忠陽集賊圩生禽撚目夏廣興吳連芳二年攻克孫疃賊巢及東南軍務肅清巡撫奏保以提督簡放未幾病卒巡撫裕祿援立功後身故之例奏聞得

旨優卹宿州志

徐善登字殿臣鳳臺人咸豐初集團助勦克定遠援合肥疊著戰功苗逆叛築堡血戰頻年忠親王僧格林沁南下善登隨解蒙城圍誅苗沛霖王嘉之又統軍從英翰轉戰直東豫鄂諸省所向克捷積功保花翎記名提督

賞給法什尚巴圖魯

凱旋防鳳壽卒事聞

賜祭葬附祀阜蒙壽鳳等處英翰祠生平樂善好施嘗捐二千金助賑置地三十頃入州來書院子思安金華水利通判姪思忠思祥皆以戰功官至提督總兵鳳臺縣志

劉廷字徽卿鳳臺人同治初從提督宋慶軍轉戰直東皖豫晉楚秦隴屢建殊勳歷保提督

賞穿黃馬褂花翎頭品頂戴領勝依巴圖魯統領毅前軍馬步等營後分防河陝護糧道以勞卒奉

旨優卹子宗翰蔭主事鳳臺縣志

朱元興鳳臺人初從豫勝營立功咸豐十年會副將格洪額等攻克澗溪集賊巢又敗賊於三河古城閏月守全椒僞英王陳玉成率賊來攻擊敗之玉成遁去十一年五月擊撚匪獲勝復攻粵賊解滁州之圍累功保花翎記名提督擢甘肅副將賞伊拉固勒巴圖魯同治二年十月苗逆死收復壽州入城遇害子鳳閣文生蔭襲通判 王闓運湘軍志 鳳臺縣志

徐立壯字捷臣鳳臺人撚亂起與苗沛霖同辦團練助勦苗漸不軌擬自樹一幟爲苗所圖勢幾殆苗逆平積功授甘肅永固副將記名提督戴花翎子全善從善登勦賊官至記名總兵戴花翎加信勇巴圖魯 鳳臺縣志

王豹文宿州人咸豐三年投大臣袁甲三營以驍勇屢建奇功同治二年苗沛霖反圍蒙城築甬道運糧遣悍賊守之豹文赤身持短刃率死士百餘人奪賊營截其糧道賊飢潰蒙城圍解推首功官至記名提督加林西巴圖魯 宿州志

薛鴻春字寅卿從提督宋慶平撚回各匪嘗先登陷陳以勇聞官至副將銜游擊積勞卒於軍 采訪冊

韓殿甲字賡颺壽州人從父映奎征勦武昌父戰殁殿甲誓滅賊報讐數敗粵寇功多擢宿州游擊同治元年隨李鴻章至江南轉戰數省保頭品頂戴記名提督借補湖南長沙副將殿甲節制精明慮事詳細搠造外洋軍火皆有成效光緒三年卒於

官　恩旨入祀淮軍昭忠祠采訪冊

進世霖字雨亭臨淮鄉人同治二年劉銘傳募軍赴上海世霖從征有功得六品服四年從勦捻匪克復湖北黃陂保藍翎千總充馬隊哨長捻酋任柱賴汶洸滅保都司　賞戴花翎七年勦滅張總愚保兩江補用游擊充武毅左營哨官辦理南洋電線工程保副將十年法人背約管帶春字右營駐防江陰在礮臺勤操練積勞病卒卹廕長子進稠昌八品監生賞給祭葬銀五十兩　誥封振威將軍采訪冊

魏捷三字東一靈璧人咸豐同治間督團練守城屢敗賊大臣袁甲三奏保花翎守備又賞倡捐軍糧采訪冊

張洪業字相臣靈璧人咸豐末入提督宋慶軍轉戰安徽河南山東山西直隸保記名提督簡放總兵後以功　賞三代二品封典宋慶一軍爲豫軍之冣有名者宋慶倚姜桂題與洪業爲左右手桂題善謀洪業敢戰二人皆爲軍鋒捻匪平留屯河內數年紀律嚴明秋毫無犯民歌頌之後從宋慶屯旅順喟然曰不久恐有夷患光緒十八年傷病發假歸卒於家卒一年果有倭人之亂采訪冊

張朝勳字梁佐鳳臺人咸豐八年捻匪東下朝勳以練勇禦之石頭埠奪賊舟賊敗遯一方賴以安獎五品銜爲人好義時流離避難者朝勳竭力保全之鳳臺縣志

鄧成先字樹勳鳳臺人集團練衛鄉里同治初投淮軍從解雉河之圍調赴山東連敗捻匪保花翎副將以勞卒鳳臺縣志

朱冠華鳳臺人從毅軍防河及胡魯蘇等處屢立戰功歷保花翎副將加總兵銜西征積勞卒於軍贈提督子世職鳳臺縣志

沈純嘏靈璧諸生咸豐三年倡辦團練守城條約皆純嘏手定八年粵匪來犯純嘏率團丁登陴固守賊遁旋助官軍克復臨淮大臣袁甲三疊次奏保五品銜以知縣用同縣諸生呂宗鎮字靖軒咸豐八年十一年守城卻賊保縣主簿加五品銜張繼

猷字秩卿督團練有功巡撫喬松年保從九品戴藍翎監生莊洪烈以守城功大臣袁甲三保從九品加五品銜監生王心慰以守城功大臣傅振邦保縣主簿加縣丞袁甲三保戴藍翎采訪冊

郭寶昌字善臣鳳陽縣臨淮鄉人咸豐間父法彭率練勇勦賊陣亡寶昌時年十七誓報父讐投軍積功保花翎守備同治元年從總兵陳國瑞勦捻破賊於淮城東賊掠淮關稅銀數萬兩寶昌以三百人追擊奪還稅銀又襲破捻酋李成營二十餘座漕督吳棠奏保游擊 賞卓勇巴圖魯名號旋平山東僧匪高圭等收十餘砦擢參將禽賊酋孫化祥升副將勦平白蓮

池敎匪忠親王僧格林沁奏獎　詔以總兵簡放苗沛霖
叛圍攻蒙城從陳國瑞力戰破之沛霖死亂軍中收復鳳臺潁
上壽州正陽關懷遠各城　賞加提督銜三年從陳國瑞
救麻城寶昌率二千人先行力戰敗賊僧親王以寶昌才堪濟
變令與陳國瑞分營另立一軍曰卓勝軍寶昌由是獨領一隊
八月粵匪僞扶王陳得才僞端王藍長春及賊將馬融和等擁
衆十餘萬闖入英山東北寶昌旣連敗之黑石渡一戰殺賊萬
餘馬融和議投誠求決寶昌單騎入其營呼酒與飲反覆數千
言曉譬禍福夜深解衣與融和同榻臥融和大喜卽日率數萬
衆降僧親王奏獎奉　旨賞穿黃馬褂僧親王分軍爲三

翼以右翼屬寶昌由是出奇制勝屢獲大捷王銳意滅賊先率
馬隊追勦步兵不能從四年四月王戰歿於曹州寶昌奉
旨革職發往新疆安徽巡撫喬松年兩江總督曾國藩奏請
暫留皖省帶隊效力　朝廷允之六年喬撫軍移陝西奏調
寶昌屢破西撚張總愚之衆　詔復原官後從左宗棠平
西撚補壽春鎮總兵換法福凌河巴圖魯勇號　賞還黃
馬褂交軍機處記名提督並賞騎都尉世職十年到壽春鎮任
以平土匪功　賞給頭品頂戴光緒六年奉　旨出防
榆關後乞病家居十年甲午海疆不靖奉　旨率舊部卓勝
營北上明年春到京和議成　詔授廣東南韶連鎮總兵以

母請開缺回籍七月奉　旨調補壽春鎮丁母憂　奉旨
改爲署任二十七年病卒采訪冊
宋得勝字凱臣宿州人同治元年投効河南軍營積功擢守備
七年在直隸饒陽擊撚匪大勝陝甘總督左宗棠奏保都司旋
領豫軍扼守運河東撚平擢游擊復從平西撚升參將
賞摯勇巴圖魯勇號八年在山西阿拉善旗等處勦捕回匪由
多　賞給二品封典以副將留河南補用嗣攻克洪岡回寨
奉　旨記名總兵十二年克肅州　記名提督光緒十六年
補授福建汀州鎮總兵二十年調防旅順是年冬與倭人接仗
克復太平山大臣宋慶奏奬　賞穿黃馬褂二十四年秋卒

山海關明年七月卒於軍大學士榮祿具奏　詔以勳績宣
付史館　予謚勇勤　御撰碑文　賜祭一壇子燮衡
以直隸州知州選用采訪冊

人物傳 孝友

孔子曰吾志在春秋行在孝經又曰惟孝友於兄弟施於有政故移孝可以作忠孝弟爲人之本鳳郡自漢趙孝之論瘦肥隋郎方貴之爭首坐篤於天性情無矯飾雖殊偉俊之才其流風被於淮南未沫也至我

聖清旌閭者尤盛焉述孝友

漢趙孝字長平沛國蘄人父普爲田禾將軍任孝爲郎嘗從長安還欲止郵亭亭長先時聞孝高名掃洒待之孝旣至不自名長不肯內因問曰聞田禾將軍子當從長安來何時至乎孝曰

三日至矣遂去及天下亂歲饑人相食弟禮爲餓賊所得孝聞之卽自縛詣賊曰禮瘦不如孝肥賊並放之謂曰可且歸更持米糒來孝求不能得復往報賊願就烹衆異之遂不害永平中辟舉孝廉顯宗素聞其行詔拜諫議大夫歷遷長樂衛尉復徵弟禮爲御史中丞禮亦恭謙行已類於孝帝寵異之詔禮十日一就衛尉府大官送供具令兄弟相對盡歡 後漢書本傳並注

隋郎方貴淮南人與從弟雙貴同居方貴出行遇雨於津所寄渡船人撾方貴臂折至家雙貴驚問遂向津毆船人致死縣官案問以方貴爲首雙貴從坐兄弟二人爭爲首坐縣不能斷送州州以狀聞高祖原之表其門閭 隋書本傳

唐董邵南壽州安豐人舉進士不得志去游河北韓愈送以序言貞元時隱居行義孝慈及物有雞哺狗兒之異所居至今名曰隱賢鄉愈重其爲人又作嗟哉董生行以贈之 韓昌黎集 壽州志

李興壽州安豐人父疾興刃股肉假託饋獻父已不得啖而死興號呼撫膺口鼻垂血捧土成墳墳左作小廬蒙以苫茨伏匿其中晝夜哭廬上産紫芝白芝廬中醴泉湧出刺史承思請表其閭柳宗元爲作孝門銘 新唐書孝友傳

宋步游張張姓失其名少失母徒步尋訪因傳步游張訪至宿州見病嫗究問乃其母也相持大哭遂就養因家於宿 江南通志

按宿州志以爲漢人爲縣令遇一病嫗於荷離之東馬踋

蹰不進訪問乃其母因家於宿其言與此絕異漢無宿州故從通志然亦未知通志之何所本也

元許從政下蔡人居喪廬墓詔表其門閭復其家 元史孝友傳敘

張燧下蔡人至元中任太平路總管府治中因家當塗母歿廬墓有紅蓮變白之異郡爲立孝蓮坊大德二年旌表 元史本傳 江南通志

高澤王德新石思讓皆安豐人親喪廬墓詔表其門閭復其家 元史孝友傳敘

孫克忠宿州人親喪廬墓詔表其門閭復其家 元史孝友傳敘

王珍宿州人累世同居詔表其門閭復其家 元史孝友傳敘

高中濠州人祖泉仕宋爲安撫使父文龍早卒中少事其祖即

以孝聞祖歿哀毀中以嫡孫當襲讓於叔父文豹至元間有司以事聞詔旌其門元史長壽傳 江南通志 懷遠縣志

馬希先懷遠人舉鄉貢授陳留教諭養親不就職竭誠奉事廬祖母墓及父母墓凡九年江南通志

姜起宗懷遠人歷宋迄元五世同居江南通志

呂信夫壽州人事親至孝而好黃老家養神之說親歿三年服終猶哀慕如初喪弗御酒肉每旦滌豆籩具果蔬爇香籲天徼福於其親如是數十年而後卒既卒其鄉人呂山見之於上眞觀衣冠偉然若神仙中人已而過問信夫則信夫死矣宋濂呂氏孝感詩序

明張倫鳳陽人河南衛百戶洪武四年自陳父母年皆八十餘家貧不能迎養乞解職歸上嘉之命爲濠州衛百戶江南通志 鳳陽縣志

王阿孫懷遠人父病刲股以進立愈母病又刲股以進亦愈洪武間旌江南通志

王絅定遠人少孤善事母母歿廬墓三年宣德間旌明史孝義傳欽定遠縣志

徐琉懷遠歲貢知長治縣以母老解官歸養母卒哀毀負土成墳與弟友愛析產推腴取瘠懷遠縣志

許綱懷遠庠生授祥符知縣以母疾乞養不赴繪兒像與己同坐人問之曰欲使子孫祀我並祀兒耳懷遠縣志

李忠鳳陽人親歿廬墓三年不食葷飲酒每慟羣鴉悲鳴以助其哀景泰時旌一統志　明史孝義傳敘

趙銘宿州人父識官金華府推官母病於官署刲股和藥以進得愈同州人張應登母病刲股和藥亦愈王廷齡年十二父病十年不起刲股以進亦得愈王德教庠生父病十年不起衣不解帶父歿德教亦毀卒江南通志　宿州志

郭興宿州人父喪廬墓手植樹千株虎嘯於旁兔馴其側景泰時旌明史孝義傳敘　江南通志

李寬宿州人母歿廬墓三年景泰時旌明史孝義傳敘　江南通志

許本忠懷遠人母愛少子本忠愛其弟益篤父母繼卒廬墓六年有盜夜叩其廬爲蛇所逐號呼求救本忠出視蛇退盜乃改過自新宏治間旌子連孝如其父父卒廬墓哀毀遂卒明史孝義傳敘　王世貞許孝子廬墓記　江南通志

程伯宿州人父歿後母孫氏遺腹所生性至孝母年九十卒伯廬墓三年家貧糧不給嘗再日一食感巨蛇潛來蜿蜒相依人咸異之宿州志

周緒鳳陽諸生母喪廬墓二鳩巢樹異草叢生成化間旌一統志

秦昇定遠人成化間任福建全州衛前千戶所正千戶性至孝祖以上三世俱沒王事而皆葬於外昇遵例替職北走適關祭奠高祖安修其墳塋南浮江淮徧求祖父雄故阡不得號泣於

道至環堡得之啟壙載柩沿江下抵福之北嶺祭其曾祖惟熉重葺之乃扶祖柩歸未至聞父訃哀號頓絕執禮惟謹既卒哭買地葬祖若父而廬其側會山寇蕭丙三等起始撤廬卒官軍捕勦至永春長泰二縣界獲其黨王清仔蘇尾子生擒丙三而母氏洪尚在所以事洪甚至洪享壽八十餘齡而昇亦老矣正德三年旌門福建通志

劉澄懷遠人親葬廬墓宏治閒旌明史孝義傳敘

張銓鳳陽衛人事母至孝母卒哀毀泣血叔祖伯叔祖母家貧無嗣請同居生養死葬皆任之宏治閒旌明史孝義傳敘江南通志

張欽鳳陽人宏治間以孝旌明史孝義傳敘

王澄鳳陽人三歲喪父事母至孝母喪廬墓芝產其旁卒年八十九宏治間旌一統志 明史孝義傳敘

王裕宿州人父病嘗藥甚謹及卒廬墓三年兩產靈芝宏治中旌同邑戴四庠生王國晟皆以父歿廬墓間江南通志

張潼靈璧庠生正德中流賊之亂潼祖父被害號慟大罵求與俱死賊不忍殺後奉母盡孝由選貢官單縣教諭江南通志 靈璧縣志

連楫鳳陽人事父能先意承志同邑沈柱史仁周繼文皆以孝聞有司上之部使者得旌江南通志 鳳陽縣志

張賢懷遠人父母歿前後廬墓凡九年同邑陸欽母歿廬墓耿約事繼母孝父歿廬墓弟早卒撫姪如子修橋梁賑歲饑人咸

義之江南通志

韋儀懷逵人母疾衣不解帶籲天求代及卒悲慟死而復甦竟以嘔血卒嘉靖間旌江南通志

劉鳳字鳴岐壽州人蒯昂字廷舉壽州諸生皆母歿廬墓江南通志

馬體乾臨淮人父喪廬墓江南通志

朱文盛字濟吾鳳陽人母歿廬墓卒年八十九鳳陽縣志

陳元綬鳳陽人年十七母病刲股不效哀毀成疾而卒同邑羅子明洗律陳汝聯連思恭皆以親疾割股聞又庠生劉鳳皋父歿哀毀骨立母疾禱天願以身代妻謝氏復割股以進得愈江南通志鳳陽縣志

金爲聲臨淮人刲股療父疾同邑秦大本王登用楊張光瀛李典學戴瑾皆以割股療父聞又黃行素張檀胡伸舉梅文遵吳永曜皆以刲股療父聞又李義方割股療祖母疾詹壼錦割股療繼母疾又張檀之子天印亦割股療檀疾江南通志鳳陽縣志

陳輔壽州人世襲指揮父病割股以進母病亦如之同州千戶尹岐割股以愈母疾又庠生張宏化張癸皆以割股救親聞壽州志

吳道成壽州人年十二父病割股以進母病亦刲之壽衛志

毛騰壽州衛百戶四世同居門無詬誶之聲鄉里奉以爲式卒年八十八壽州志

胡緯字文用壽州庠生親歿廬墓其子與孫失其名亦皆割股療親病鳳臺縣志

徐瀛懷遠人父病刲股以進得愈懷遠縣志

顧琛壽州人母病盲琛竭誠禱神母得復明江南通志

郭藩字守之定遠庠生父壽卒於京藩徒步數千里扶櫬歸葬結廬墓旁日夜哭奠有剽掠者過其廬戒曰此孝子也勿驚之墓常出金色蛇人以爲異江南通志

朱寶壽州人善事親居喪廬墓三年同州百戶張應彭庠生薛孔儒皆親喪廬墓又張沛張溪崔紹張吉曹夢徵石鯨吳之美皆以親歿廬墓聞壽州志

袁體蒙懷遠人孝養孀母母病服勞憂念一夕鬚髮盡白母歿未二旬體蒙同其妻皆以毀卒懷遠縣志

許士俊懷遠人年十七隨父渡淮父墮水士俊急入水救之父子俱死踰三日抱父屍出萬歷間旌江南通志

方大福壽州人母病刲股以進妻羅氏亦如之後羅氏病子正華亦割股進妻孔氏亦如之正華生母病孔氏復割股進人謂一門世孝壽州志

姚應璧字聚東父銳鄉飲大賓以孝偁應璧亦篤孝行天啟四年邑令張鏡心贈世孝眞儒額跋云秉經學之長襲世德之職髫齡修文而入泮弱冠割股而愈親古所偁經明行修者崇禎

三年舉孝廉方正（定遠縣志）

王殿字敬萱懷遠人父病十四年衣不解帶母病割股以進得愈友愛其兄盡以遺產讓之隆慶時饑捐八百金助賑後舉孝廉卒年八十六崇禎十三年旌（懷遠縣志）

鄧讓字汝謙壽州人父畀陽卒有異母兄疑其有私讓出己資畀之不自明母卒哀毀盡禮萬歷末歲飢竭力助賑全活甚多卒祀鄉賢（江南通志）

潘儀定遠庠生親歿廬墓側日趨泉塢山負土壘冢有野犬來爲守廬（定遠縣志）

蔡斌徐榮俱定遠人皆以割股救親聞（江南通志）

顧大倫定遠庠生父老病割股和藥妻黃氏亦割股和羹以療姑病（定遠縣志）

劉三益宿州諸生性豪邁不畏強禦弱冠時拯父於危州人里之（宿州志）

夏供佑字普生壽州人崇禎癸未進士母卒廬墓泣血三年（壽州志）

張聯達懷遠人崇禎時流寇至縣達負兄逃爲賊所得賊釋達將殺其兄達泣求曰家有餘資願以贖兄死遂帶回家罄所蓄與之兄得免（懷遠縣志）

馬御遠字顧陽鳳臺人事親至孝躬耕力學馬士英聞其名召

之不赴鳳臺縣志

李維仁鳳臺諸生性孝友言行不苟舉鄉飲大賓鳳臺縣志

馬仍靈璧人崇禎十年流賊至執其父將殺之仍奔救父得脫而仍被害靈璧縣志

陳自修鳳陽庠生母卒柩在堂流賊至自修護柩悲哀竟為所害江南通志

薛相懷遠歲貢臨城縣教諭頗能以文學教士事孀母徐氏盡孝臨城縣志

魏班懷遠人祀孝義祠懷遠縣志

按班縣志佚其事實以祠中神牌有孝子魏班敬存其名

李壽年壽州庠生割股救母鳳臺縣志

國朝

周建古懷遠人父希賜卒於官建古數千里扶櫬歸葬事繼母尤孝葬後廬墓二十餘年未嘗暫離江南通志

唐一介鳳臺人嫡母病篤忽得愈乃一介殁後家人於牆內得薙刀血布并哀禱之詞始知其割股以療母也鳳臺縣志

巨昇子彤斌彤彌兩世繼美並以孝聞皆祀忠孝祠懷遠縣志

余可仁壽州人父殁廬墓明季母朱氏一家皆為流賊所掠母言輒涕零可仁肩行李走四方得其母之姪朱產坤以歸為之婚娶畀以田廬以慰母心卒年九十八壽州志

馬魁臨淮人母卒負土壘墳廬墓三年江南通志

王繼善臨淮人割股愈繼母疾同邑楊一龍胡文漣趙櫧皆割股愈父疾蔣億趙應祥皆割股愈母疾又庠生朱紘朱綖兄弟並割股愈母疾（江南通志　鳳陽縣志）

張奇芳鳳陽人順治間以孝行
旌表（鳳陽縣志）

薛之明臨淮人父病明與妻劉氏力耕以養父年九十四夫婦互哺之夜臥榻下候起居時年亦各六十餘矣眾欲以孝行舉力辭（鳳陽縣志）

鄭渭魯光祖並鳳陽人以居喪泣血為院司旌獎（鳳陽縣志）

張海滄宿州人家貧賣漿能竭力事孀母先意承志得其歡心族隣敬服州牧聞而獎之（宿州志）

張明棐宿州人順治初賊五十騎入其鄉家人俱登樓母劉年七旬不及避為賊所刼明棐奔救賊執之支解而死十七年
旌表建坊（一統志）

石毓秀宿州人家貧傭工養母母病劇割股作羹以進疾尋愈順治六年
旌表建坊（宿州志）

王永康宿州諸生母歿廬墓三年同州朱汝維父母疾衣不解帶及相繼卒廬墓三年庠生涂玉書母疾嘗糞以卜生死父卒廬墓三年庠生王正世侍孀母病亦嘗糞母歿哀慟幾絕又諸生邢廷相郭存誠父母繼歿廬墓三年（江南通志　宿州志）

曹培藎璧諸生父卒築臺墓側寢處其中朝夕哭泣未及歸而

卒人稱孝子臺一統志

傅琦靈璧人兄弟四人皆諸生食指數百同居不析爨內外無間言 靈璧縣志

張眉靈璧人家貧甚父庠生士儀館於外眉年幼隨母至父館索米回至中途遇大雪母凍死眉哀號不忍去亦凍死聘妻解氏女聞之不食而死 靈璧縣志

張啟仲懷遠人瞽目談命爲業母疾篤割股愈之 懷遠縣志

石榮修懷遠人終身孺慕父病衣不解帶及歿哀毀時年已七十四矣釋服之期方奠一慟而歿 懷遠縣志

姚大中懷遠人父疾篤朝夕飲泣籲天請代夢神教以割股大中幼讀儒書疑遺體不敢毀傷夜復夢如前乃割臂作羹以進不效父卒毀殘滅性三年不言笑 懷遠縣志

馮璩字應連懷遠庠生父念祖臥病十餘年奉侍湯藥未嘗離側兄弟皆不善治生或勸之析居歎曰手足皆僵此身豈得活也家日以落處之晏如 懷遠縣志

趙士龍宿州人父老臥病室中火起士龍突火入脫己衣蔽父負以出父獲全士龍受傷重逾月死 宿州志

周國馨宿州歲貢事繼母孝父歿喪葬盡禮盡哀釋服後盡讓田產於繼母所生弟人以爲難 宿州志

田緒宿州人母病侍奉不懈夜半忽求肉羹遂割股煎湯以進

得愈同州陳亘玉傭耕以養父病噎割股進之得愈又鄒克明亦割股愈母病李懷元割股愈父病宿州志

邱承烈黃澗清皆宿州人承烈割股愈父病澗清割股愈母病母年八十餘澗清九十七而終宿州志

陳紹嗣宿州人父早逝教二弟成立以遺產盡讓之事母至孝母歿廬墓四載生平好施置義冢助親鄰婚葬卒年九十一宿州志

程宗位宿州人年荒奉繼母張氏攜幼弟往河南就食張氏病歿數日水漿不入口負尸歸葬傭工養弟成立宿州志

陸恒宿州人少孤極貧祖父老病孝養能如其意撫弱弟雲辛勤備至未幾恒卒遺孤方在襁褓雲復艱辛鞠育之人謂之南難宿州志

梁德平宿州人少孤母病衣不解帶者六年家貧傭工以養每上食必先屏其子女鄉人偁之宿州志

方岳壽州庠生童時母病割股和藥以進同州宋詠葉家訓張學儒朱錦榮李榮秀皆以刲股救親聞壽州志

徐遇壽州人事母孝有弟析居後業中落仍與同居不分彼此鄉里偁為仁孝先生子容敬有父風敦崇正學建立宗祠著有思齋集江南通志壽州志

徐自鑑壽州人父早卒母為姑所遣自鑑徒步往尋遇於南昌

迎歸以養 江南通志

邵景安宿州監生父早卒事叔如父侍疾衣不解帶者數月友於兄既析產兄蕩盡復以己產分與之鄉里貧乏無不周邺 宿州志

程邦平壽州庠生母病刲股以進得愈同州歲貢張體仁衛千總裴克明皆以刲股救親聞 壽州志

趙桂靈璧人親歿廬墓三年 靈璧縣志

余質靈璧人母病刲股以進同邑趙大士母病亦刲股以進皆得愈 靈璧縣志

龔咸壽州貢生母病刲股以進得愈又盡以田產讓於寡嫂以養庶母人推其義 壽州志

陳姓失其名居壽州家貧傭力以養父母親卒葬郭門外日哭於墓後乃不知所之 江南通志

楊復禮壽州人事母至孝母卒廬墓六年咸豐九年旌表 壽州志

張廷祝懷遠庠生父病刲股以進同邑徐懷清亦以親疾刲股聞又庠生吳廷基字遵貽七歲喪父母崔氏撫之成立事母孝年至六十如嬰兒母歿水漿不入口者數日竟以毀卒 懷遠縣志

劉冕鳳陽市民父母病兩刲股進之及卒廬墓三年歸後每月必往省墓 鳳陽縣志

趙鵬九鳳陽庠生幼孤祖父撫之祖病刲股以進得愈子傑飛崑嶸皆庠生刲股療母王壽康武生母早卒庶母撫養成人刲股療庶母疾又同邑人許文忠刲股療父高明臣李懐增刲股療母皆得愈 鳳陽縣志

馮纘聖字述歧定遠人善醫術事親至孝僕竊其父金恐父知之不懌私以病家所饋織羅原價繳償去朝夕不離親側雍正間以孝行 旌表入祠 定遠縣志

呂崑峻字嘉璧靈璧人雍正間恩貢天性孝友敦宗睦族爲鄉里所欽敬 靈璧縣志

丁鴻磐宿州人初失怙恃事祖母至孝祖母病欲食魚適嚴冬

鴻磐破冰得之疾尋愈祖母年九十六而終鴻磐年逾八十 宿州志

謝官相靈璧人年十四父病醫言須用人參一枝恐不易得官相聞之誤以爲人身一指遂斷一指入藥竟汗出而瘉同縣武岱年十五亦刲股愈父病 采訪

張四宣定遠庠生乾隆六年以孝行 旌表建坊 定遠縣志

楊玶鳳臺諸生割股療母疾同邑武舉權駿亦割股療母疾 鳳臺縣志

童尚全鳳臺農家子母疾禱天割股以進得愈自此遂終身茹素而日以甘旨奉父人多偁之 鳳臺縣志

張壽芳鳳陽人性至孝乾隆十一年　旌表建坊一統志

李子奇鳳臺人性至孝親歿廬墓乾隆十一年　旌表一統志同邑李煜字光遠亦親歿廬墓鳳臺縣志

彭商獻字又彭鳳陽諸生乾隆戊午舉人事繼母三十餘年孝敬不衰家貧課徒修脯之入悉以奉母兄弟友愛無間教諸姪成立兒子晉乙酉選拔鳳陽縣志

方汝梅字齊說一韓子拔貢乾隆間舉賢良方正鄉里傳其孝不肖者咸畏見之鳳陽縣志

謝寶樹壽州貢生父官於蜀寶樹事祖父母以孝聞後其父歸寶樹先意承志教諸弟成立舉明經壽州志

秦怡字友昆鳳臺人乾隆間歲貢躬行孝友處世退讓鳳臺縣志

薛家學字懋修壽州貢生嗜學能文以課讀養親仲弟不善治生責負纍纍家學竭修脯所入爲之償已雖困乏弗恤也同邑諸生薛廷儀一介不取亦以孝友傳薛道遠兩兄早逝教諸姪成立父喪哭泣至咯血薛詹吉以傭書養母母嗜魚每食必備已與妻子茹素而已館於鄉夜有鄰女來奔拒之采訪冊

薛家昂字小垞壽州人乾隆己酉拔貢兩兄歿後盡以父產付諸姪已以課徒爲生年六十後選含山教諭老病未赴卒采訪冊

應于知壽州人治竹器爲生事父母曲盡孝道父老畏寒于知嘗抱以眠官旌其門曰孝能竭力壽州志

楊初孜懷遠乞者沈姓有所得必歸以供母母老而瞽終日負
荷冬迎暄夏就蔭操杖舞側為山歌里操以怡之及卒葬於義
地編席為廬所乞必先奠而後食夜則哭聲遠聞三年後不知
所之懷遠縣志

楊嶷生壽州人少聰穎敏於為文以五藝入學孝事繼母篤愛
異母弟為鄉人立圭田法以備荒又擬公償牛法以弭盜知州
為表其門壽州志

楊繫字敬齋鳳臺廩生父病疽衣不解帶者三年侍母側承歡
如嬰兒弟無子為之置妾族子孤寒者撫而教之鄉鄰感戴喪
葬無資者助之鳳臺縣志

王可立字幼三壽州貢生孝事父母家貧諷詠不輟嘗饑羸以
濟人困瓶無儲粟晏如也壽州志

李眉字紹蘇鳳臺諸生父賀遷久不返眉遠涉尋歸卒養友愛
兩弟與人同急難捐地修村壩年至九十二鳳臺縣志

孫士謙字懷六壽州諸生與弟蟠相友愛白首同居其承父志
乾隆己亥以錢五千緡置義田建宗祠又設義學贈應試者路
費卷費助喪葬施棺木義行卓然同治八年 旌表孝子
壽州志

趙直字介夫靈璧人嘉慶辛未 欽賜國子監學正直少
孤事母孝母患目疾晨夕以舌舐之三年得復明母疾篤禱天

求代得愈平居助婚娶建家祠以義率族卒年八十三子發齊
庠生事直能孝直卒廬墓三年靈璧縣呈冊
鈕士文懷遠人有孝行年逾六十强壯如盛年邑境周圍五百
二十里山川都圖廣袤曲折窮數月之力尺寸必周歷之縣志
中所列諸圖皆其所步計而布之於紙者也嘉慶二十四年
旌表建坊母朱氏守節撫遺孤家極貧士文孝養甚艱苦
終身不娶許所望有書鈕孝子事一篇懷遠縣志
金培壽州人道光庚子副榜天性孝友撫孤姪成立周士棪庠
生孝親友弟篤行好學壽州志
陳元鎮定遠人父母卒結廬塋側有羣鶴棲樹之異道光四年

旌表建坊定遠縣志
沈運泰字士尤靈璧拔貢父卒廬墓三年撫姪如子嘗以揀發
委署崇明縣裁陋規除積弊補震澤不半年卒於官士民賻助
櫬始得歸初家居時倡修學宮後其孫緯亦倡修學宮及名宦
鄉賢諸祠人稱世德靈璧縣呈冊
呂起山靈璧歲貢父母卒皆廬墓三年兄弟四人同居不析爨
倡修學宮後官石埭訓導亦倡修學宮其孫世綠承其志亦嘗
捐資修學人稱善人有後靈璧縣呈冊
沈祖德字春池靈璧人嘉慶丁卯舉人幼孤事母孝母殁負土
成墳廬墓三年又事伯如父伯卒亦廬墓三年年五十無子不

肯還妾其妻乘其出爲買一姬其後果得子人以爲孝行之報靈璧縣呈冊

朱蘭字石堂鳳陽庠生事親至孝品端學邃好善樂施掩骼窆胔不憚勞瘁嘉慶元年舉孝廉方正不受鳳陽縣志

許呈懷遠人明許孝子本忠十世孫幼頴慧能詩文十二歲喪母哀毀骨立父所望喪妻不再娶及將爲呈授室呈輙啜泣勸諭久之始成婚三年中生二子卽侍父外宿不復入內以攻苦致疾二十八歲卒李兆洛襄孝集書後

劉宜字孟齊鳳陽增生侍父疾衣不解帶三年父殁哀毀骨立友愛其弟田宅器用恣所取弗較持身端謹言笑不苟教授生徒多成就常讀易至復之初爻喟然曰謹身寡過之學無逾此矣鳳陽縣志

孫克儀字省齋壽州增生兄弟五人克儀最幼離襁褓卽失怙恃兄嫂撫育之克儀終身祗事如嚴慈嘉慶十五年鄉武舉張某家人因姦斃三命刁訟劉某嗾屍家誣告克儀伯仲同被逮巡撫初彭齡挾嫌羅織淹成大獄當是時兩兄縶囹圄仇家詗伺滿道途克儀躡屩易服往來省問不絕一日冒盛暑暍行僵仆地逾時蘇搖手曰吾憊耳無傷也經年獄定仲兄析産耗幾盡克儀以己産復分與兄方獄未定時克儀寢食幾廢日飲酒升許澆愁自是病齒血出日數升遂卒年四十有六克儀生平

好施予捐資振飢善舉甚多（合肥王南金所撰傳）

張寅定遠庠生嘗刲股以愈母（定遠縣志）

蔡鳳池定遠人家貧以小販養母母病篤刲股以進藥及卒哀慟隕絶其兄仙池亦能孝嘗與人語弟刲股事輒悲慟曰吾不能也（定遠縣志）

趙正繼宿州貢生八歲喪父事母以孝聞稍長經理家業協弟力學且延師教姻黨子弟族隣有緩急周之惟恐不及年至八旬長吏旌之（宿州志）

淩霨字裕如定遠人年七十猶於母前作孺子戲母病背癰以口吮血刲股和藥以進得愈道光六年旌表祀孝子祠

（定遠縣志）

許克酯壽州諸生栢海山壽州監生皆以刲股愈親病（壽州志）

林恩奎字子鴒懷遠廩貢生鄉賢中杭之仲子性孝友事親能養志父喜賓客常集年高有德者於其家談笑終日以博歡心親歿泣血三年未嘗見齒族鄰議舉其孝恩奎曰異哉何量予之薄也人子事親理固當然若當此舉乃是以親取名固拒而止性好施歲暮問親隣之貧困者暗散資財不求聞譽鄉人傳之（孫家鼐所撰傳）

林士璜字瑞溪懷遠廩貢生試用訓導歷署東流宿松盧江教諭盱眙蕪湖訓導曾祖澍徵有積產祖中柱善賈致巨富置祭

田二千四百畝爲贍族計未立祠規而歿其後祭田輪管日例
士璜乃與衆昆弟讓議曰我祖之致力於宗祠吾輩所知也自
今以往凡置輪管之家不準私其租入儘數歸公置田產以成
我祖之志若何皆曰善推士璜經理其事甫及兩輪即增置田
四百餘畝積穀百餘石後值歲飢士璜統計丁糧召族人均分
之所立祠規甚善采訪冊

單治定遠人賦性直誠力行孝友道光十七年旌定遠縣志

周士信字載文定遠人州同銜親歿廬墓三年定遠縣志

王念祖壽州文生廬母墓三年壽州志

張靜波壽州文生父歿廬墓以母疾侍湯藥歸母歿復廬墓一
載餘哀毀卒又主簿張獻廷親歿廬墓壽州志

陶維藩壽州文生親歿廬墓同治八年以孝子旌表壽州志

方玉濤定遠監生孝友義行鄉里推重兄弟七人同爨四十餘
年玉濤善奕工詩著有奕餘詩草定遠縣志

王瑄定遠監生與人交以義誠篤於家庭從兄珂遠客病歸中
途卒瑄親輿喪殯之定遠縣志

方銘盤定遠附貢生父玉垣以拔貢爲金山訓導所著書銘盤
皆刊行事繼母尤孝兄弟友愛人無間言弟銘鼎銘彝亦有孝
行定遠縣志

金墀字仲丹陽臺廩生親歿廬墓三年有著述見藝文志鳳臺縣志壽州志

劉金綑懷遠與夫傭值養母孝敬出於至誠以廬墓卒懷遠縣志

劉暘懷遠人信忍傳家同堂五世懷遠縣志

陳雲龍鳳陽武生母病侍湯藥不離側恒露禱達旦及歿廬墓三年鳳陽縣志

陳清字夷高壽州庠生品端性孝不苟言笑鄉里敬式有太邱遺範子瑛亦孝謹克紹家風壽州志

岳盛林懷遠竹工家貧孝親廬墓年餘以乞食歸忌日詣墓長號終日不食懷遠縣志

馬璜懷遠人傭作養母後因母瞽且跛侍奉不能離側遂負母乞食十餘年葬母畢旋卒懷遠縣志

張廷愷壽州人侍父疾二十九年父母相繼歿廬墓六年廷愷之孫煥然母有目疾常舐之又刺臂血和藥以進母目復明終於諸生咸豐九年旌表壽州志

孫家馨字蘊陶壽州監生天性孝友推產讓兄弟生平無疾言遽色尤喜濟人施藥施衣終身不怠以子傳晉貴贈資政大夫壽州志

王鵬翥字鶴侶壽州人父病嘗糞侍疾三年不解咸豐初舉孝廉方正壽州志

楊蔚達壽州監生母病侍湯藥衣不解帶者年餘母歿哭泣三年壽州志

俞員言庠生事親至孝母卒哀毀哭泣目幾廢子泉舉人有父風壽州志

葉天爵壽州人弟天成天祿父以食指緐命析爨天爵善居積家漸裕資仲弟子蔭棠讀書季弟卒撫遺孤忠符忠告如己子壽州志

葉榜字杏園壽州監生同兄建龍侍母病十餘年嘉慶甲戌旱盡出積穀千餘石散給飢民壽州志

程節業壽州人鍼工事瞽母衣帶親解飲食親奉冬月臥母床溫被

栢成林鳳臺人傭力養親父臥病常負之上下躬滌污穢終其身壽州志鳳臺縣志

李世恩壽州人與兄世揚友恭甚篤咸豐辛酉苗逆圍城糧絕世恩時在朱淮森營日食數餅留其半奉兄後世恩以軍功保五品藍翎江蘇知縣遽辭歸出囊中金買田數頃聘名師敎諸姪成立世揚嗜酒世恩日市酒脯與兄共醉有勸之仕者曰兄老多病忍相離哉天倫自有眞樂何富貴之足云壽州志

劉志本字培之鳳臺進士侍母疾嘗糞以驗差劇母歿三年未嘗鹽櫛鳳臺縣志

王超俗壽州人母卒長號嘔血壽州志

沈純耀字光達靈璧廩生父患疽侍疾嘗藥三月不解兄弟同

居友愛無間又增生單儒清幼孤事母以孝聞靈璧縣志

方爾熾字曉林定遠拔貢內閣中書以養親歸父病衣不解帶三年堂弟家中落招同居定遠縣志

陳詔祿定遠監生事嗣母與本生父母以孝聞諸叔貧恒賙之營葬祖父母獨任其事母弟多逋負代償不已爲置厚産期功子姪均爲經營生計定遠縣志

薛華字佩芳壽州人從九品弟卒析産諸姪取美好者或不平之華慘然曰弟骨未寒猶忍爭財耶終身不校壽州志

嚴純一字永欽壽州文生繼母庶母愛幼弟困以構難純一涕泣自譴卒以感悟壽州志

李紱字玉書鳳臺諸生父咨閩病歿紱年十五步行數千里負遺骸歸所著詩曰陟岵集息影集鳳臺縣志

徐金鑑靈璧文生父渡河冰陷號泣破冰負父出又入水救母自溺死靈璧縣志

孫玉田字端卿壽州監生孝親恭兄讀書爲善著拳石山房詩集壽州志

追雲五鳳陽臨淮鄉人咸豐初避粵匪之難囑兄弟奉父母前行自率家衆殿後戰死父母兄弟皆賴以免鳳陽縣志

李長春鳳陽庠生父年八十患痢下長春衣不解帶躬侍湯藥親滌褻衣溽暑無怠容五閱月而父歿喪葬成禮三年不出戶

外鳳陽縣志

刁世芳鳳陽庠生事母愉色婉容終身如一日家雖貧旨甘必備兄病狂墮井死世芳令人汲盡水躬負尸出邑人稱其孝友鳳陽縣志

蔣蘭生鳳陽庠生六歲失怙恃祖母許撫之成人以孝聞善居喪不用鼓樂僧道哀痛彌至鳳陽縣志

陳長庚鳳陽人貧無田產力擔荷供母旨甘母九十五歲卒咸豐八年賊至長庚殉難鳳陽縣志

劉廷直鳳陽庠生母張氏歿廬墓撚匪至脅之不去被殺鳳陽縣志

徐長庚鳳陽人繼母楊氏病侍湯藥衣不解帶六十餘日繼母

稍有怒意即長跪以請婉言愉色以寬母心母歿毀瘠三年閉門不出鄉里稱其孝鳳陽縣志

李上林鳳陽庠生母遘疾藥餌必先嘗親以身代母故一日痛絕數次終身不茹葷酒鳳陽縣志

姜守義鳳陽人母歿廬墓四年又同邑李凌春年近六旬母歿擗哀泣動人鳳陽縣志

陸寶珍鳳陽廩貢生父早故寶珍教讀事祖母暨母孝咸豐三年粵匪至祖母八十餘不能行寶珍負之攜母逃後喪祖母與母一日痛絕數次里人稱為孝子順孫鳳陽縣志

方業成壽州監生事親孝三兄早逝撫諸孤成立族有貧者死

代治喪具咸豐七年粵匪亂輸粟率練丁衛鄉里屢擊却苗逆獎五品頂翎年八十一卒壽州志

余仁佺壽州人咸豐七年扶叔涉水避髮賊被追及使叔先行與賊抵拒而死壽州志

劉步廷靈璧監生咸豐九年捻賊執其父請代不許脅刀刺賊同時被害靈璧縣志

吳安宿州人咸豐十年苗沛霖叛執安父元茂欲害之安詣苗代父死苗竟殺之父獲免宿州志

許始然宿州庠生早喪父事母至孝咸豐九年遭亂母病歿始然撫棺不去捻匪過以爲孝子竟不加害學官上其事已旌宿州志

張如錦靈璧人同治元年西捻東竄如錦護母遇害靈璧縣志

薛鴻儒壽州人同治二年苗逆之難鴻儒尋母被害又張揆一以尋父被害壽州志

仇家獻壽州人咸豐九年父應與被粵賊掠持械與賊鬬父乘間脫家獻遂遇害壽州志

許嘉穀懷遠人城陷母自刎嘉穀斂畢觸石死懷遠縣志

牛天華懷遠人負母逃難母死華抱尸哭賊至被害懷遠縣志

謝象懷遠文生聞父遇害絕粒死又沈之盤救母被害劉貴林侍父疾賊至被害懷遠縣志

馮孝章定遠人城陷力護父柩被害定遠縣志

王士良定遠監生父麐生邑圖避寇山中士林負米以養在北劉村遇賊不屈死定遠縣志

方燬魁字竹雲定遠監生母病賊至燬魁身受重傷護守不去母歿以毀卒定遠縣志

龍長泰壽州人髮逆擾南鄉攜家避難賊偪近棄一女一子而挾兩幼弟以奔獲免於難壽州志

陳其殷壽州人負祖母避亂遇賊憐其孝得免祖母旋歿哀毀未逾月卒壽州志

汪長庚宿州人候選縣丞性至孝菽水承歡年五十宛如孺子

兄長松已析爨數年貧窘復合爨終其身宿州志

王卜勳宿州人天性友愛以兄弟爭產爲大恥有地四頃皆讓於兩弟自耕十八畝曰予能力作兩弟弱必如此乃安心宿州志

夏廷先宿州人兄弟析產後所有錢財任弟攜取鄉里傳其友愛宿州志

馮佩蘭宿州人武進士淸標之子早失怙事祖母及母以孝聞同治元年以輸軍餉官江蘇同知後丁祖母憂歸養母不復出宿州志

余繩祖壽州歲貢生天性友愛仲弟卒撫姪成立如己子鄉里排難解紛人服其直壽州志

余仁洽壽州人父晉三遇粵匪仁洽救護之同時被害（壽州志）

錢元熙壽州人父青選遇賊正陽關元熙同子泰階救護俱被害勅建專祠（壽州志）

王化昌壽州人隨父配林辦團練父被匪執欲殺之化昌奔赴父身泣訴願代死匪怒皆殺之（壽州志）

周銘盤壽州人父應倬遇賊被執銘盤請代賊並殺之（壽州志）

方榮祥壽州人出外貿易聞苗逆之難奔救父母不得入城投河死（壽州志）

王守仁壽州人粵逆南竄同兄安仁負母逃賊殺兄將及母守仁叩頭求代賊殺之母乃免（壽州志）

顧含旭顧含熙壽州人粵逆破顧圩同救母被殺（壽州志）

袁錦春壽州人慟父槐爲賊所殺投水死（壽州志）

周繼雲壽州人咸豐七年髮逆脅其兄繼德將殺之繼雲奔救奪刀奮擊力竭均死（壽州志）

俞敬修鳳臺人兄泉爲髮賊所困敬修往救得釋而已死之（鳳臺縣志 壽州志）

杭鴻泰定遠監生事母孝撫幼弟成立諸弟性多傲鴻泰善教之友愛不衰（定遠縣志）

陳鈞台字星陔定遠廩生少失怙恃事繼母以孝聞諸弟友愛甚篤撫教猶子恩義周至以文行爲學者師（定遠縣志）

陸維東宿州文生賊刃其父奔救受重創死父得免 宿州志
宋彥昇宿州人父晉卿罵賊被害彥昇持刀往救死之 宿州志
丁愛臣宿州文童咸豐六年負母避撚爲賊所逼以身衛母被殺母獲免 宿州呈冊
劉金標懷遠人咸豐年以孝行 旌表 安徽通志
金瑞麟壽州歲貢父病封股和藥以進治家訓子有法度 壽州志
吳世洲定遠人家貧蓺圃爲業得錢必購甘旨以奉母母懼雷一日荷桃於市聞雷聲擲擔路旁馳歸視母小兒爭取其桃識者曰此吳孝子桃也於是羣兒之父兄投錢筐中世洲還謝曰吾得養母資矣有一弟友愛倍至光緒十六年 旌 定遠縣志

明于從鳳臺人咸豐年以孝行 旌表 安徽通志
劉維霖壽州人孝友至行聞於鄉里有横逆來笑遣之人皆推爲君子 壽州志
劉澄清壽州人事母至孝課讀淮上適苗逆倡亂澄清書壁云凡入吾廬者不准談苗一字有言者卽面斥之人爲之危而澄清意自若也歷年辦公保六品銜訓導 壽州志
王任壽州歲貢事親至孝友愛諸弟老而益篤窮究經史理解瑩澈著有槐庭文草亂時定遠有陳生攜幼投軍道卒任葬之而撫其孤 壽州志
張煥彩壽州增生少失怙母疾封股和藥進敎弟亮彩每加斥

責爲之鬱鬱者數日自愧不如許武也弟學訓早卒經紀喪葬恤其孥壽州志

馬安邦宿州歲貢竭力事親品學純正與孫南溪于適千相友善咸豐間避亂隱居疏食飲水教生徒多所成就宿州志

劉品端宿州庠生善事繼母閭里傳其孝潛心稽古淡泊寡營行不履斜徑口不出惡言家極貧環堵蕭然晏如也中年目盲口授生徒文品清眞游其門者甚衆宿州志

方臻騫定遠人父濬泰爲丹陽令殉節語具忠節傳臻騫奔父骸歸葬哀動行路事祖母嫡母以孝聞爲甯國教諭以生母憂去官卒妻子廬墓三年采訪冊

胡業朱鳳陽諸生髫年入泮潛心理學不事時藝遭母喪悲泣茹素三年鳳陽縣志

盧景賢宿州人性戇直秉正不阿苗逆踞城肆威酷殘害約丁永貴除之事洩遂被害宿州志

武成章定遠人刲股以療母病定遠縣志

范懷德字潤生懷遠人祖父中和事親孝敦友誼好施與子孫甚盛人以爲忠厚之報傳至懷德中同治丁卯舉人先是咸豐間撚匪張落刑陷懷遠懷德舉家出奔不見二親復入城尋得之伺間扶持逃逸已過淮東二老衰病仆於路懷德負父奔里許回復負母賊前鋒已及洶洶環之以刃一賊問所負以實告

賊竟釋之脫於難賊平不仕以敦本力行教於鄉子家琛癸酉拔貢孫國良乙未進士寓無竟齋文集

戴儉昭壽州人六歲父遠出孝事母及祖母長而兩次尊親歷九省閱二十年備極艱險卒奉以歸父病刲股和藥及歿廬墓其初尊親也甫婚父歸始入室光緒三年旌表壽州志

孫茂章字暘甫附貢生性敦厚與人交以至誠父早卒事母至孝嘗以美宅讓兄友愛終身咸豐十一年苗沛霖叛城中親族朋友避亂來歸者衆傾貲留供人益多之子家夔見義行傳壽州志

許克章壽州人父老嬰殘疾飲食起居便溺克章侍奉浣濯不離側者六年繼母程中年瞽克章孝事之至老壽州志

張澄清宿州庠生博學能文爲人剛正不撓篤於孝友弟張明久被苗逆戕害徒步千里上書闕下爲弟雪冤宿州志

張錫明壽州監生苗沛霖叛築圩力抗之季弟煥然以攻苗營死圩戸孫大張三等戰歿皆贖屍歸非厚給其家收撫入內河族人錫瓚燮理錫九等率衆禦之亡數十人不少挫苗無計可施勾通縣役龍佩龍佩者曾受其父三秀恩因詐破錫朋圩三秀赴水死錫朋亦赴水親丁強挽之復蘇傭人劉姓揹龍負義迎闖出其眷屬義勇許義夜往負三秀遺骸歸皆錫朋之賢能得人死力也苗平張三秀等旌卹如例錫朋孝事繼

母以美宅讓幼弟及從兄鄉人偁其孝友壽州志

徐裕源壽州庠生父久病侍湯藥數年如一日壽州志

陶渠成壽州庠生父病二年母病五年渠成侍湯藥滌廁牏不假妻孥壽州志

涂偉烈壽州人父病嘗糞驗差劇父殁辦團練議敘八品性尤好義培荒墳古冢周濟貧困里黨偁之壽州志

黄世泰臨淮廩生母病刲股和藥進教諸弟成立鄉里咸敬之采訪冊

王朝魁定遠人父國隆病刲股和藥進父竟愈性卞急好嫚罵人朝魁每泣諫弗聽鄉里有受其父罵者朝魁必委曲謝過必

得其意解乃止咸豐九年賊將陷城朝魁勸父速行父不從令朝魁妻子去朝魁不肯父怒逐之朝魁不得已遂從妻子於鄉而潛歸伺父匿屋旁明日賊至竟縶其父索銀父罵賊賊將刃之朝魁自屋旁出向賊拱手曰父老有心疾賊將釋之父益罵賊舉刀砍之朝魁以身翼蔽刃左左之刃右右之皆中朝魁賊益怒攢刃之朝魁遂抱父同死事平巡撫請旌於朝父子同祀本縣昭忠祠采訪冊

王慶植壽州庠生性至孝母好布施慶植竭力奉之從戎薦數年歸署其門曰畫餅功名空出塞綵衣樂事在還山改葬父若素經年鄉人敬之壽州志

顧三壽州人事寡母至孝傭工以養力衰則賣小食物每日所入必供甘旨母老遇人談及必涕泣一恐母死一恐已先死則母誰爲養至誠出於天性母九十餘卒後二年顧三卒年七十餘矣又許元多無妻兒早歿傭工養母母病割股愈之壽州志

邢學九字栩郵壽州諸生操行嚴毅咸豐間館余氏塾授徒苗沛霖以團練事詣余與學九同席食學九心惡之終席不與言及沛霖反人服其先見學九父假友人錢三十千父歿友亦亡其家不知學九積館穀償之曰不可使吾父不安於泉下也訪冊

周孚先字穆齋壽州諸生性孝友母先歿父年七十餘孚先年

五十餘侍養有嬰兒色苗亂時家貧甚諸弟各爨孚先獨力奉養一日父曰我願終身汝養不欲累汝弟也孚先曰夫人出此言必兒無孝心於是泣不能仰授讀數十年恂恂善誘子弟樂從之采訪冊

葉南英壽州生歲貢家貧苦讀曲盡孝道兄弟三人南英獨力奉親終身孺慕卒年七十二壽州志

金士玉壽州增貢生候選訓導沈靜嗜學弱不好弄尋歿事父尤謹弟以團練殉難士玉冒險尋忠骸僅得其衣帶血跡模糊招魂歸殮爲太和和州教官偶修文廟多士倚之壽州志

李芬壽州監生天性孝友能容人過長子震宣庠生次森瀛咸

豐元年舉孝廉方正敦品力學著德韻齋詩存學古管窺壽州志

孫崇先字宗山壽州增貢生父守誥病禱家廟願以身代侍進湯藥夜常不眠得寒疾父歿哀毀疾更劇三年卒采訪冊

陳玉盤鳳陽臨淮鄉農家子性至孝父母年皆八十玉盤年四十承歡如嬰兒母患頭瘍醫者謂年老難瘉玉盤終日哭泣封股和藥以進患竟平采訪冊

洪之彥壽州人咸豐十一年苗逆陷壽之彥負父逃十餘里被掠賊索金贖死之彥謂兄弟灣田難售獨售己岡田竟贖父歸采訪冊

王恩溥靈璧人家極貧竭力具甘旨而不使親知同治間父病歿於正陽旅次恩溥水漿不入口者五日竟以喪歸賣破屋二間瘠田二畝爲之葬里中重其行誼送葬者百餘人將醵金周之恩溥謝焉其介潔如此鄉人敬之采訪冊

徐兆科靈璧布衣母病瀕危百醫不效兆科乃默禱告天潛封股肉和粥進母甘之病從此瘉采訪冊

余德祖壽州增生性至孝幼多病乃讀醫書遂精其理嘗施藥濟人咸豐元年舉孝廉方正平生力學又工隸書篆刻壽州志

樊可法壽州農人幼以孝聞稍長失怙恃有叔喪明事之如父供甘旨滌廁牏無惰容在田間操作日必省視數次壽州志

張薇溪壽州附貢生家貧力學節於外得修金市甘旨奉親已

甘粗糲爲鄉里息忿爭靡不欣服而去壽州志
牛永寬鳳陽人咸豐八年撚匪亂母年九十餘寬負之逵遯履荆棘中趾皆流血不能行賊騎至問曰汝不去獨不畏死乎永寬曰母老有病吾何忍去賊感其孝與之食曰吾母不能食吾何能下咽賊謂其黨曰此孝子也勿傷之指前邨令負母避入戒勿焚其邨因是皆得免無何母病歿廬墓側數月永寬亦病卒未卒時手書千餘言訓其子配鑫配鑫縣諸生永寬生平遵母命周族隣振患難修橋梁善事甚多如懷甯典史平源咸豐三年公服坐獄門駡賊死其家屬來奔居永寬宅賊至鳳陽永寬攜其老幼同逃日供薪米平氏一家得團聚六年大饑隣人陳大鵬家五口永寬奉母命日送錢三百又里人王元鶚妻永寬資助錢八千送穀糧六斗夫婦遂不分離采訪冊

趙茂林字孔厚靈璧庠生事親以孝聞持己端方待人公恕鄉人皆敬之采訪冊

張榕齡字蔭堂靈璧監生六品銜事庶母撫幼弟人稱孝友咸豐間倡辦團練守禦有方避亂難民加意保護婦人孺子莫不感激歲飢倡施糜粥全活甚衆采訪冊

葉家鑑壽州監生教弟成立遵母訓析居讓產母病刲股和藥以進母歿廬墓終身光緒八年旌表壽州志

裴國維字笑軒壽州監生性孝友皓首窮經來學者必勉以孝

器識而後文藝家雖貧樂善不倦年六十九卒子廷鈞署潁上縣訓導壽州志

張有壽州人事母孝貧不能娶爲人傭不忍遠離母願短其值思母即歸省母老且病日爲滌牏器及歿廬墓哀動行路壽州志

史起法鳳陽歲貢選石埭縣訓導天性孝友居鄉端謹好善樂施教授有方多所成就鳳陽縣志

宋吉士庠生陳保章貢生皆鳳陽人孝友素著中年喪妻不再娶又邑人陳堯道孝養安貧足跡不至公門年三十喪妻不再娶晉學以德義旌鳳陽縣志

何應存字在亭懷遠農人兄應如卧病八年應存侍湯藥無少

怠鄉人皆敬之懷遠縣志

孫家珍字鴻書壽州監生少孤母方氏苦節教子嚴而有禮家珍同弟候選訓導家樂監生家琪事母至孝宗族稱之兄弟友愛構荆花館同諷詠其中壽州志

王進賢壽州監生與兄析居兄屢奪其田無所爭或某遭縲絏貸錢數百緡償以田不受妻兄弟負債田磽确無售主因鬩牆進賢慨然曰吾取薄田與以厚價爭端可息鄉里稱爲長者壽州志

唐德穩字應康事母至孝友于兄弟凡族人有乖離者必勸導之鄉黨有爭訟者必和解之咸豐七年盜賊蜂起懷穩糾合練

勇築圩保守晝則聚衆講忠義夜則率勇防寇賊賊屢至皆却走故他堡被焚掠而此圩獨完因是族里咸傳之巡撫唐訓方聞其義行與敘宗誼焉采訪冊

常之琪字玉生懷遠人至孝父性嚴厲一日方食父忽怒盤盞悉投於地琪戰慄不敢問故候父怒平仍具酒肴跪進之繼母劉嘗與生子忿氣不食琪跪而婉勸母乃食鄉里傳其孝焉采訪冊

孫家丞字石筠壽州廩生才器宏深以知縣分發浙江兩署樂淸縣事有政聲引疾歸偕兄家懌弟家鼐事母盡孝鄉里傳之壽州志

馬淇瑞張仲才皆宿州人刲股療母病同州周立言父疾剜左肘肉和藥進王治純母病冬月欲食鮮魚裸身入冰求之光緒元年母歿慟幾絕廬墓三年又讓產與弟陳西山事母至孝母歿亦廬墓三年采訪冊

栢子珍壽州增生性敦孝友教子讀書咸豐同治間寇盜縱橫憂鬱成疾卒壽州志

方翰西壽州人耿直好善以孝行聞壽州志

張楚琛壽州歲貢性純厚事親盡孝善誘掖後進及門多名諸生壽州志

王正揆宿州廩貢生家貧好學品行端方事父母以孝聞采訪冊

史廣淵宿州人同妻孫氏事親以孝聞父病篤孫氏刲股和藥進遂癒采訪冊

徐淇川字竹坡靈璧拔貢徐藩長子藩老有肺病卧床十餘年淇川朝夕侍側無惰容兄弟七八先逝者四人遺孤滿眼皆撫之成立與弟洛川汶川箸有華萼堂合集采訪冊

年錫純鳳陽人父名登有家世力農生子四長即錫純也光緒甲午歲錫純年二十一父病自夏徂秋不瘉錫純侍藥夜不寐幾失明十月初八夜父於昏瞀中自言服人肝乃可痊錫純方憂父疾日求一生之方而不得也聞言竊喜明夜潛入內室取刀從左脇刺入三刺肝卷十八中之下弟納藥壺中弟駭極奔告其母至則錫純已暈仆在牀旋復蘇問藥煎熟未母執其手而哭責之錫純云無礙堅請將肝入藥倏其父服訖則又暈去其師年栢齡延醫來錫純再絕再蘇醫言不可療栢齡歎曰孝則孝矣惜哉錫純云孝不足言有弟三人死可無憾明日遂卒父病竟瘉采訪冊

田開春張永清皆鳳陽人開春刲股療父疾永清刲股愈母疾母瞽食必親進終身如一日采訪冊

吳世洲定遠人許始然宿州人徐容敬壽州人世皆傳孝子佚其事實采訪冊